山一程 水一程

远山抒情诗选集

远山 著

北京出版集团
北京出版社

图书在版编目（CIP）数据

山一程　水一程：远山抒情诗选集 / 远山著. 一
北京：北京出版社，2021.12
（妫川文集）
ISBN 978-7-200-16731-3

Ⅰ. ①山… Ⅱ. ①远… Ⅲ. ①抒情诗—诗集—中国—
当代 Ⅳ. ①I227.2

中国版本图书馆CIP数据核字（2021）第244345号

妫川文集

山一程　水一程
远山抒情诗选集
SHAN YI CHENG　SHUI YI CHENG

远山 著

*

北 京 出 版 集 团
北 京 出 版 社　出版

（北京北三环中路6号）
邮政编码：100120

网　　址：www.bph.com.cn
北 京 出 版 集 团 总 发 行
新 华 书 店 经 销
北京朝阳印刷厂有限公司印刷

*

787毫米×1092毫米　16开本　21印张　289千字
2021年12月第1版　2023年7月第2次印刷
ISBN 978-7-200-16731-3
定价：58.00元
如有印装质量问题，由本社负责调换
质量监督电话：010-58572393

"妫川文集"编委会

序

飞雪迎春到

　　2022年，四年一度的冬奥会即将在北京举行，届时大会将上演一场拥抱冰雪的激情盛宴，而最令人感奋的高山滑雪等精彩项目是在延庆境内北京第二高峰海陀山上举行。为迎接冬奥会来临，中国国际文化交流基金会妫川文学发展基金管委会、延庆区作协联手北京出版集团编辑出版了这套大型丛书"妫川文集"，以之作为盛会文化礼品，这是一个非常值得称赞的文化创意。

　　延庆，古称妫川。28年前，我任北京市副市长的时候主管科技、教育，多次到过延庆，结识了一些文化、科技、教育工作者。特别是1997年兼任北京控股集团有限公司董事局主席时，吸纳八达岭旅游公司加盟北控在香港成功上市，进而收购龙庆峡、开发玉渡山风景区之后，跟延庆的联系就更紧密了。延庆是个被历史文化深深浸润着的地方，缓缓流动着的古老妫水，炎黄阪泉之战的古战场，春秋时期山戎族遗迹，古崖居遗址，饮誉海内外的八达岭长城，厚重的历史人文和钟灵毓秀的山川，滋润着这片土地，也滋润着这里文化的传承和发展。

一转眼快30年了，无论我在北京工作，还是后来到香港工作，我对延庆的文化、科技、教育发展始终投以关注，也相知、相识了一批默默推动文学艺术发展的有志之士。延庆乡土作家孟广臣同志是个代表人物，20世纪50年代曾出席过全国文联代表大会，受到过毛泽东主席和周恩来总理的接见，出版过许多颇有影响的文学作品，他影响和培养了一大批文学爱好者，对当地的文化发展做出了卓越贡献。

而更重要的是，坚持推动地区社会主义文化艺术繁荣发展，一直为延庆区委、区政府所高度重视。据了解，延庆区作协成立较晚，但是最近5年，在党和政府的大力支持下，他们做了许多事情，在对重点作家进行培养、助力文学新人成长方面，打造了一种积极热情的社会氛围。特别是在挖掘弘扬延庆红色文化方面，做出了不俗的成绩。在这里，还要特别提到一位也曾在延庆工作过的乔雨同志，他当时是我们北京控股集团有限公司董事局最年轻的执行董事、八达岭旅游公司董事长，也是中国作家协会会员。乔雨在诗歌、散文、纪实摄影创作方面成绩斐然，先后在伦敦、巴黎举办了"行走中国"个人摄影展。更重要的是，他对延庆当地文学艺术创作的发展，发挥了承前启后的推动作用。

进入21世纪以来，当代文学创作多少受到了经济发展的冲击，延庆也一样。这个时候，在相隔10年的时间里，乔雨先后主编出版了《妫川文学作品精选集》《妫川文学作品精选集（2001—2011）》。前一套汇集了1950年至2000年80余位延庆籍作家的260余篇作品，后一套汇集了21世纪前10年的佳作，计有135位延庆作者的500篇作品选入。这两套书的出版，在当地产生了较大的影响，团结和发现了一批文学创作者，激励和调动了他们的创作热情，这些人中的佼佼者先后加入了北京作家协会和中国作家协会，成为当今妫川文学创作的中坚力量。

还有，在乔雨的积极奔走努力下，2018年夏天，中国国际文化交流基金会专门为延庆设立了"妫川文学发展基金"，资助延庆作家出版图书；设立妫川文学奖，每两年评选一次；激励、支持延庆作家和文学爱好者进行文学创作，冲击国内外大型文学奖，从而促进延庆作家创作出具有时代意义和世界眼光的精品力作。这对延庆的文学艺术发展，是一件功在当今、泽及后人的事情。据了解，这个基金成立后作用显著，已经有19位作家正式出版了个人文学专集或获奖。以上这些都为本次大型丛书"妫川文集"的诞生，奠定了坚实而重要的基础。

文学，作为文化重要的表现形式，在德化民风、善润民心方面发挥着不可替代的作用。延庆正是因为有了像孟广臣、乔雨、赵安良、周诠、谢久忠等一大批埋头苦干、默默耕耘者的无私奉献，才推动了妫川文学大发展、大繁荣。

本次编辑出版的"妫川文集"，是对延庆文学创作的一次大检阅和汇总，也是延庆经济和文化共同繁荣发展的一个标志，更是当代延庆文艺工作者留给历史的文学记忆。本文集精选了乔雨、石中元、陈超、华夏、远山、谢久忠、郭东亮、周诠、林遥、张和平、浅黛11位作家的文学作品，以个人单集的形式出版，汇成文集。石中元创作的报告文学《白河之光》，真实再现了"南有红旗渠，北有白河堡"的历史画卷，是记录妫川儿女在那个火红的社会主义建设年代中埋头苦干、默默奉献的群英谱；郭东亮主编的《妫川骄子》涉及古往今来41位延庆籍人物，从侧面反映了延庆的历史发展进程；周诠的《龙关战事》收录了近年来他创作并在《解放军文艺》等期刊发表的5部中篇小说，基本代表妫川小说的水平。"妫川文集"收录的作品包括诗歌、散文、小说、报告文学、摄影作品，大部分都是在全国文学期刊和报纸上发表过的，有不少曾结集出版，其中还包含了许多曾获得过全国奖项的作品。它不仅能够体现一个地区的文学水平，其中有的作品甚而达到了中国当代文坛的艺术水准。

伟大的时代需要创造伟大的业绩，伟大的业绩需要伟大的作品来讴歌和表达。新的历史时期，以习近平同志为核心的党中央高度重视社会主义文艺工作。习近平指出："文艺是时代前进的号角，最能代表一个时代的风貌，最能引领一个时代的风气，实现'两个一百年'奋斗目标，实现中华民族伟大复兴的中国梦，文艺的作用不可替代，文艺工作者大有可为。广大文艺工作者要从这样的高度认识文艺的地位和作用，认识自己所担负的历史使命和责任，坚持以人民为中心的创作导向，努力创作更多无愧于时代的优秀作品，弘扬中国精神、凝聚中国力量，鼓舞全国各族人民朝气蓬勃迈向未来。"引导广大文艺工作者，也包括入选本文集的延庆籍的作家们，应充分意识到重任在肩，时不我待，要结合实际，深入生活，扎根人民。为人民书写，为人民立传，为时代放歌，创作出更多无愧于时代的优秀作品，推动社会主义文学艺术繁荣，这不仅是我们的责任，更是我们的光荣使命。

古往今来，包含民族精粹的博大精深的文化和当代的文学艺术，都是推动社会发展进步的重要动力。我深信，这套大型文集的出版，无论是对宣传延庆、展示延庆，提升延庆的知名度和美誉度，还是对延庆文化的传承创新以及经济社会发展，都将产生积极而深远的影响，也为实现首都"四个功能"战略定位贡献一份力量。

是为序。

胡昭广

2021年金秋于北京

注：

胡昭广，北京市原副市长，中关村科技园区第一任主任，（香港）北京控股集团有限公司董事局主席，京泰集团董事长，中国国际文化交流中心顾问。

目录

第一辑

闻鸡起舞

第二辑

披星戴月

风雨兼程

第三辑

第四辑

山高水长

第五辑

吾心逍遥

第一辑

闻鸡起舞

老家延庆（五首）

雪里八达岭

因为爱童话

即使单薄

也要给世界

穿一身洁白

让城市和乡村

从头到脚

都打扮一番

虽然

连西北风也知道

这只是昨晚

做了一个

干干净净的梦

日头出来时

高高低低的屋檐

竟没有忍住

掩面而泣

滴滴哒哒

只有八达岭

昂起头

把不屈的脊梁

挺成一块块青砖

纯爷们儿那样

硬硬地扛着天

篝火康西草原

满天璀璨

遍地欢腾

就像

天上掉下一颗星

我的心

霎时点亮了篝火

十八岁的青春那样

旺旺地燃烧

我搂着一支

苗条的舞曲

风一样

踉踉跄跄

把大草原

旋进了蒙古包

上半阕婉约

下半阕豪放

蝉鸣野鸭湖

风尘仆仆的八月

一个猛子

扎进野鸭湖

凉快了一大片水

流浪的云朵

全扎堆儿成鱼群

逍遥在了

一望无际的蔚蓝里

城市大汗淋漓

逃离了暑热

高兴得噼里啪啦

一会儿云里

一会儿水里

今生今世

都想住在夏都

摊开起起伏伏的蝉鸣

陪神仙躺平

盘点心事

编辑爱情

爱吃老家烤红薯

马路边胡同口

手推车大铁炉

焦皮长溜溜

沙瓤蜜嘟嘟

一街香甜不用吆喝

一城口碑赚足憨厚

不要说小时候

满头白发还馋这一口
山珍海味不当饭
爱吃老家烤红薯

吃不够的美食
享不尽的口福
管饱花钱少
健康不长肉
一炉日月红红火火
一口记忆热热乎乎
小人物懂知足
打个饱嗝幸福涨指数
鸡鸭鱼肉太油腻
爱吃老家烤红薯

老家的春天

古崖居的爱也在打鸣
木化石的梦也在返青
我看到"人"字的雁影
一队队愿望结伴飞行
我听见出发的口令
康庄永宁起跑火红的光景

我放飞了一怀憧憬
我撒欢儿两脚春风
我出嫁珍珠泉湖光山色
我迎娶海陀梁姹紫嫣红

我伴杨柳尽情摇摆
我同妫河赛开歌唱的喉咙

喜鹊做窝大榆树
奥运热闹张山营
人人好前程
天天好心情

爱上高原

风弹胡笳十八拍
雨唱黄河九曲远
啊　内蒙古高原
我的思念　我的爱恋

登上了高原
见过你的面
日日长相思
夜夜梦来伴

高高的大青山
辽阔的大草原
一挥套马杆
挽住落日圆

这里地最阔
这里天最蓝
安达情义重
姑娘歌声甜

最美那达慕
草原风剽悍
晚霞点篝火
歌舞人狂欢

吃过烤全羊

再把酒喝干

马头琴一曲

醉了星满天

日也在思念

夜也在思念

大雁北回还

带我回高原

风弹胡笳十八拍

雨唱黄河九曲远

啊　内蒙古高原

我的思念　我的爱恋

爱不够的塞罕坝

爱让荒山返青

情让秃岭发芽

这里　缠绵的云也怀春

这里　浪漫的风要出嫁

你虽不是我梦中的青梅

你虽不是我儿时的竹马

你却是我八百年的知己

你却是我一万年的牵挂

柳绿相依手牵手

哥啊　请你把我娶回家

美丽高岭塞罕坝

幸福乐园塞罕坝

我把纯洁的爱情献给你

你就是我爱不够的家

心把冰天焐热

梦把雪地融化

这里　憨厚的山也钟情

这里　含羞的水会说话

你虽不是我梦中的青梅

你虽不是我儿时的竹马

你却是我秋去春来的鸿雁

你却是我前世今生的神话

花红并蒂心贴心

妹啊　我要把你娶回家

美丽高岭塞罕坝

幸福乐园塞罕坝

我把火热的青春献给你

你就是我长相思的家

爱的四季

我最爱在三月的春光里想你

春天哟　漫山遍野都绽放你的美丽

我最爱在六月的细雨里想你

夏天哟　你的花雨伞撑开扯天扯地的相思

我最爱在九月的果园里想你

秋天哟　尝一口新摘的苹果我品味你的甜蜜

我最爱在十二月的寒风里想你

冬天哟　越是孤苦寒冷我就越要抱紧你

你是我的春夏秋冬

你是我的阴晴雪雨

你生在我的岁月里

你活在我的生命里

我的三百六十五个朝朝夕夕

翻唱着三百六十五个我爱你

爱回家了（二首）

飞鸟也有家

推开恍如旧画报上的

那扇斑斑驳驳的木门

打量着土墙围拢的记忆

我一眼就看到了

那只远道而归的鸟

几乎和我同时进了家门

多少朝思暮想

就栖落于碾盘上

埋着头正专心致志

啄食时光和遗失于时光深处

发黄的麦粒

圆圆的石碌碡轰轰隆隆

刹那间碾过了

我的胸口　我的泪水

原来这大半生

风一程　雨一程

我始终都在背负着故乡

周游天下

羊角葱也有春天

冰天雪地下
只顾咬紧牙关攥着拳
羊角葱和头茬韭菜
都是遭过践踏
挨过冻的

因此老家的初春
总有一股钻心的热烈
辛辣我的五脏六腑

羊角葱蘸酱
头茬韭菜炒鸡蛋
大盘小碗
飘着童谣的香味儿
就端上来
咱家绿生生的菜园子

幸福的时候
我总爱扶着踉踉跄跄的炊烟
就一口老酒
热泪盈眶地唠唠家常

爱老敬老歌

下面一个"子"

上面一个"老"

老倚着子

子敬着老

老老少少一家子

全靠这个"孝"

妈妈哟　爸爸呀

为我穿得暖

为我吃得饱

妈妈操碎了心

爸爸累弯了腰

叫一声"我的妈"

我忍不住热泪往下掉

叫一声"我的爸"

我一头扑进爸怀抱

都说百善孝为先

父母的养育恩

哪能不回报

儿是您遮雨一把伞

女是您贴心小棉袄

下面一个"子"

上面一个"老"

老养大子

子孝敬老

和和美美一家子

幸福乐陶陶

妈妈哟　爸爸呀

为我快长大

为我学习好

妈妈操碎了心

爸爸累弯了腰

叫一声"我的妈"

我忍不住热泪往下掉

叫一声"我的爸"

我一头扑进爸怀抱

羔羊尚知跪乳情

父母的养育恩

哪能不回报

儿是您遮雨一把伞

女是您贴心小棉袄

爱你

爱你的马尾辫儿

爱你的丹凤眼

爱你的歌声美

爱你的笑容甜

爱你这么有气质

爱你瘦也瘦得骨感

爱你闭月羞花

爱你沉鱼落雁

我爱你白天快乐像天使

我爱你夜晚妩媚如婵娟

爱你的樱桃口儿

爱你的苹果脸

爱你的性子辣

爱你的心肠软

爱你这么有魅力

爱你胖也胖得丰满

爱你秀外慧中

爱你才貌双全

我爱你回家幸福鸟归巢

我爱你远走千里心挂念

爱情银行

分别的日子里
思念一张一张
积了厚厚的一沓
这是一笔不少的钞票
将它存入银行
本儿开始生利

然后利滚利
你很富有　我很富有
吃利息
我们的爱情
被喂得很胖

爱是暖暖的怀抱

我也有一家老小　我也知道凶险难料

因为心在呼啸　因为血在燃烧

打好行李包　戴上白口罩

搂着孩子亲一亲　望着父母笑一笑

我知道自己的责任　我听到冲锋的号角

和时间赛跑　和希望拥抱

逆行而上我来了　向死而生我来了

情是亲亲的守护　爱是暖暖的怀抱

我也有一家老小　我也知道凶险难料

因为心在呼啸　因为血在燃烧

难也难不住　吓也吓不倒

亲人啊给我加油　祖国啊我的依靠

我明白自己的使命　我看到胜利的目标

和命运较量　和幸福拥抱

逆行而上我来了　向死而生我来了

情是亲亲的守护　爱是暖暖的怀抱

跋涉者

一程又一程风风雨雨

两脚认识很多山高水急

赶跑了多少拦路虎

从不向妖魔鬼怪告饶屈膝

历经九九八十一难

不负十万八千里

披荆斩棘的血性

一往无前的脾气

笃定走出暗夜

前面就是晨曦

那从未领略的美景

一定会不期而遇

这是老天有礼

给予一次次跌倒

而又一次次奋起

不屈不挠的奖励

生命长在两条腿上

一步一个脚印过日子

活着就是披星戴月赶路

死了也不是立定

而是向着下个目标

出发前的片刻稍息

把爱唱成歌

一遍遍听你讲

一遍遍听你说

一遍一遍听你

把爱唱成了歌

这歌里有甜美

这歌里有苦涩

酸甜苦辣那就是你和我

一遍遍看你忧

一遍遍看你乐

一遍一遍看你

把情唱成了歌

这歌里有烦恼

这歌里有欢乐

风雨阴晴那就是你和我

爸爸 盼您平安早回家

妈在厨房忙上下

我在为您沏热茶

早出晚归的爸爸

忙完了工作 我们盼您平安早回家

不图您位多高

不图您官多大

和和美美享天伦

清清白白众人夸

只愿您俯首甘做孺子牛

不为小家为大家

爷爷窗前抬眼望

奶奶拄拐站楼下

日夜操劳的爸爸

忙完了工作 我们盼您平安早回家

金山银山心不动

灯红酒绿眼不花

积善之家福长久

不留贪名遭人骂

只愿您鞠躬尽瘁为百姓

心底无私天地大

爸爸 我们盼您平安早回家

爸爸 我们盼您平安早回家

百岁小平

今天是你的百岁

我盛邀鲜花果实

还有深深的思念

为我们爱戴的这位老人

好好过一个生日

假如你还活着

也许根本不会同意

我只能眼含热泪

望着墙上你的画像

深情地唱一支祝福的歌曲

其实在我心里

你不会衰老

更不会永远离去

喜爱爬山和游泳的老人

那颗不老的心

依然与一个民族的心脏蓬勃跳动

一起一伏 一伏一起

共命运 同呼吸

因为你那富民强国的理论

已深入十三亿人心

深入九百六十万平方公里

结出一个个特区

结出文明和富裕

你总是俯下身体　再俯下身体

深情拥抱你热爱的土地

滚滚黄河大渡河

便流进你的血脉

激昂殷红的旋律

巍巍太行山大别山

便与你生死与共血肉相依

你从来不向霸权不向命运

低一低头弯一弯骨气

你只向祖国鞠躬

甘当人民的儿子

你只向实践敬礼

不管白猫黑猫

谁抓住了老鼠

谁就抓住了香甜可口的真理

历尽坎坷饱经风雨

你深知

　　假大空祸国殃民

　　西北风喝不饱肚皮

怎能让走出一条丝绸之路的伟大国度

穿一件可笑的"皇帝的新衣"

荒唐地割资本主义尾巴

怎能把实事求是也一刀割去

国运要昌盛　人民盼富裕

锅里有米　身上有衣

毛泽东思想

是一座宝库　是科学体系

"两个凡是"是违反马列的教条主义

面对黑与白是与非

面对迷茫迟疑

你大喝一声

　　贫穷不是社会主义

　　发展才是硬道理

并奋力高举

　　改革开放的大旗

为巨轮拨正航向

冲出迷雾　拥抱晨曦

你用傲骨也用谦虚

准确注释并身体力行了

　　一个革命家

　　一个共产党人

最优秀的品格

最神奇的魅力

寻着你非凡的人生

我不仅可以

感受一个人的三落三起

　　大悲大喜

更可以感受

　一个政党

　一个国家的

波澜壮阔　跌倒和奋起

百岁小平　小平百岁

一个名字活了百年

一个灵魂

因为伟大的精神

　卓越的智慧

依然将一百年　一百年

永远永远地活下去

肩负你的重托

牢记你的教诲

今天的中国

已经把"两手"练得很硬

　坚强而有力

我们用这"两手"

正高举起旗帜　高举起真理

开拓奋进　生生不息

一代一代进行着

雄壮豪迈的接力

并创造出一个又一个

惊天壮举　旷世奇迹

百姓乐

一口肥肉就热酒，也爱青菜白豆腐。
别窝家里玩手机，花前月下大步走。
天塌下来高人顶，不做杞人皱眉头。
心宽体胖吃饱睡，不呼无疆也万寿。

百姓情歌（二首）

隔着一张方桌

像两把情感丰富的凳子
你和我隔着一张长方桌
敞开心扉　滔滔不绝

其实呀
正是因为这木制的阻隔
彼此才有了
联翩的痴想　绵长的情歌

如果　如果
长方桌突然后撤
你和我都会
惊慌失措　无着无落

共用一口铁锅

加热平淡　沸腾烦琐
一口圆圆的铁锅
烹炸煎煮干干稀稀的岁月

筷子夹住早中晚
夹住日出和日落
夹不住的液体也不放过
比如恩恩爱爱

比如天伦之乐

让我们就着

小打小闹　凉凉热热

捧着大海碗

敞开了饮　兴足了喝

抱紧我

什么也别说
最好是沉默
什么也不用说
一个眼神就够了
说多了口干舌燥
听多了脸红耳热
就这样望着我
就这样抱紧我

什么也别说
最好是沉默
什么也不用说
一个眼神就懂了
偎在你的怀里
听见你的脉搏
一呼一吸都是恋曲
一起一伏都是情歌
就这样望着我
就这样抱紧我

爆燃春光

追不上时光 经得起沧桑

抓住了当下 不在乎过往

留不住春夏秋冬

扛得起雨雪风霜

号角荡气回肠

出征山高水长

只有眼睛明亮

只有脚步铿锵

只有青春不老

只有生命顽强

只有初心一腔滚烫

只有灵魂满怀向往

让梦破茧成蝶

让爱芬芳绽放

叫醒所有的憧憬

集合所有的愿望

约会这新春的

第一个日出 第一缕曙光

唱亮这新春的

天空大地 诗和远方

永不弯曲是我的脊梁

永不放弃是我的担当

北川诗草（三首）

门生

突然一下天塌把门堵上了
北川中学的老师
用肩膀告诉自己的同学
老师就是一扇门

死神要关上这扇门
老师用双肩说
要关就把我关里边吧
请让我的四十个学生出去

一个二个三个四个
死神毫不留情
它在恶狠狠地点名
老师成了第四十一个

孩子们都出去了
出去就可以考大学
就可以当科学家当诗人
就可以和未来亲切握手

从老师双肩下逃出的孩子们
泪水模糊地回头一望
他们背诵过千遍万遍的英雄

都变成自己老师站立的模样

他们对着北川中学
撕心扯肺地喊
今生今世啊
我们都是母校的门生

钢铁

穿迷彩服的解放军战士
几天几夜没合眼
一合眼他们就听到
废墟里有人在呼喊

战士们知道
他们是在跟阎罗打仗
阎罗可是世界上最凶恶的敌人
因此不能睡觉

他们实在太困了
就随便躺在瓦砾上
搂着一根根钢筋
在地上打个盹儿

他们都很年轻
还没有脱满脸稚气
走过的人脚步放慢
生怕把战士吵醒

可是不一会儿
集结号又吹响了
战士们迅速站起来列队
个顶个像钢筋一样笔挺

这时候谁看到了都说
他们是最硬的一队钢铁
砌进共和国的大厦
中国就永远不会坍塌

警花

她是一个妈妈
却最怕有人提孩子

她是一个女儿
却最怕有人喊妈妈

因为她的妈妈不在了
因为她的女儿不在了

她站在一片废墟上
怎么也找不到原来的家

她忍不住泪流满面
又独自把眼泪吞下

她搂着一个个孤儿当作女儿亲呀亲

她对失去女儿的白发母亲都叫妈妈

羌族人的好女儿
大山是她不屈的骨架

风暴摧不折的"战地警花"
双肩扛起了地陷天塌

不离不弃一辈子

锅碗瓢盆交响曲

柴米油盐人间气

管它苦涩还是甜蜜

端起饭碗

你就是我朝朝暮暮的惦记

面对面坐着还想你

道一声：知己

心贴心才是爱的真谛

唠唠叨叨也是柔情

洗洗涮涮几多爱意

管它贫穷还是富裕

过好日子

你就是我热热乎乎的感激

肩并肩走着还想你

道一声：伴侣

心贴心才抗得住风雨

你是我的今世缘

我是你的长相思

相亲相爱哟　一家子的福气

不离不弃哟　一辈子的传奇

草原之恋

那天路过你毡房

一眼就把你看上

辽阔的草原我娶不走

那我就娶你做新娘

啊　草原姑娘

我心爱的姑娘

你婀娜在蓝天下

你飘逸在高原上

白云舞蹈你舞蹈

百灵歌唱你歌唱

马奶酒醉人你醉人

山丹丹绽放你绽放

哈达有情你有情

是爱把咱俩的心拴上

啊　草原姑娘

我心爱的姑娘

一千次寻觅不如一次遇上

一千次回眸不如一次凝望

啊　草原姑娘

我心爱的姑娘

那天路过你毡房

一眼就把你爱上

辽阔的草原我娶不走

那我就娶你做新娘

啊　草原姑娘

我心爱的姑娘

你妩媚在镜头里

你靓丽在画面上

清风温柔你温柔

山水漂亮你漂亮

马头琴忧伤你忧伤

雅托克①欢畅你欢畅

星星不眠你不眠

心儿随月亮落情网

啊　草原姑娘

我心爱的姑娘

一千次寻觅不如一次遇上

一千次回眸不如一次凝望

啊　草原姑娘

我心爱的姑娘

① 雅托克，即蒙古筝。雅托克与中原留传的古筝在构造和技法上基本相同，只是雅托克所奏的乐曲均为蒙古族民歌和器乐曲。

尝尝草原的味道

登上兴安岭才知道天有多高

走进科尔沁才知道草原多美妙

听一曲马头琴才知道乡愁最揪心

骑上成吉思汗的骏马

才知道青春应该跟着英雄跑

那达慕会上走一遭才见过真摔跤

点一堆篝火让爱舞蹈才知道心情好

干几杯红城酒才知道酒不醉人人自醉

住进那蒙古包

才让漂泊的游子一觉睡它个大通宵

啊　尝尝草原的味道

让世界尝尝草原的味道

肉是大块大块吃

情是大碗大碗交

你握着我的手

我搂住你的腰

一世豪迈暖心窝

满天璀璨入怀抱

啊　尝尝草原的味道

让世界尝尝草原的味道

长风呼啸　我心逍遥

唱不够的毛泽东

年老的看到你觉得亲

年轻的看到你特崇敬

走进韶山冲　望见红五星

翻越大雪山　来到杨家岭

无论年老还是年轻

总会想念毛泽东

毛泽东　毛泽东

你在天安门城楼喊一声

那纪念碑就托起了东方红

毛泽东呀毛泽东　唱不尽的毛泽东

毛泽东呀毛泽东　爱不够的毛泽东

对手看到你肝打战

亲朋看到你心热诚

单刀赴重庆　虎穴谋和平

打过长江去　赶考敲警钟

不管对手还是亲朋

总也忘不了毛泽东

毛泽东　毛泽东

你在菊香书屋跺跺脚

那两弹一星就上了苍穹

毛泽东呀毛泽东　唱不尽的毛泽东

毛泽东呀毛泽东　爱不够的毛泽东

初心不改

记得那年我入了党
心中就树立起坚定的信仰
面对党旗我举起了右手
铮铮誓言我时刻牢记在心房

自从那年我入了党
先辈的热血就在我血管里流淌
即使遇到刀山与火海
是党员拼命我也勇敢往前闯

难忘那年我入了党
党就是生我的母亲养我的娘
给我生命给我无尽的爱
爱党兴党我永做党的好儿郎

常忆那年我入了党
党的阳光雨露哺育我成长
入党当官不是为自己
百姓冷暖是我鞠躬尽瘁的担当

入党了我就是党的人
忠心赤胆我永远跟定共产党
入党了我就要永做党的人
初心不改我信念如铁意志如钢

处暑以后

雨还是
三天两头下一场
雷却少了
所有的日出日落
都在热烈绚丽之余
悄悄丰盈圆润

信步骋怀
只管满世界转转
城里城外
批阅的都是风景
大口大口
呼吸芬芳
用空气洗肺

偶有几句雁鸣
落入池塘
波心里
也荡漾往事
以及深不见底的
天高云淡

春意盎然

就是这扯天扯地的一声吼
实在压抑不住了
唤醒大大小小的冰河
咔嚓咔嚓满世界游行

脉搏和着鼓点的节奏
爆燃一怀青春直冲上云霄
让目光和憧憬高远而湛蓝
饥寒交迫了整整一冬
这些血性的树
好像听到了集结号
从各个根据地
跃出战壕　揭竿而起
满目花枝招展
漫山遍野　恩恩爱爱了人间

风趴在雨的耳朵上悄悄说：
撤出大城市
咱俩儿到农村暴动吧
一阕诗意的鹧鸪
连叫声也押韵
不知撩动了哪个姑娘的沁园春
一夜之间翻出篱笆墙
探头探脑向远方深情朗诵

三头牛拉的木犁
抑扬顿挫　一垄一垄写下的
魏晋风度　汉唐气象

细数风流人物到今朝
怎能不
澎湃了情爱　激越了初心

春之旋律

岁月在二○○四年
最后一个夜晚
深一脚　浅一脚
溜溜达达

右脚刚刚完成一个年头的冲刺
左脚就又把一个新年头的鼓点
踢醒

不要说河流给大地打上了
冷冰冰的封条
更不要说我们的心情
受到了西北风的围剿

请把耳朵紧紧贴在冰面
就可真切地听到
水在疾走　浪在奔腾

也许冰河就是一条条磁带
正播放春天的旋律
明快而昂扬
所有的心都会
为之澎湃　为之激越

此心光明

既然不能出门

那就打开窗子

把春天接回家吧

最好再升起一轮太阳

让街坊四邻也春暖花开

经过这个被毒害

险些失足了的冬天

我才终于相信

只有阳光才是

最美的防护服

最干净的口罩

也只有阳光才能给

污染的角落　暗自发霉的心

灭菌消毒

我把这个

与我相依为命的世界

紧紧抱在怀里

大口大口　人工呼吸

谢天谢地

被隔离的翘望

就要走出病房　披一身霞光

开始崭新的生活了

风雨兼程的命运

苦尽甘来的日子

从胸膛里掏出一颗心

这颗心热腾腾
因为刚从胸膛里掏出来
而且这颗心
每天都在一百二十摄氏度的血里沸腾着

你用眼睛看不清这颗心的模样
你用手摸这颗心可能会灼伤你

也许你还以为
这是一只刚出锅的山芋
慌忙甩着手
将这颗心扔在地上

这时候
你胸膛里也有一颗心
你的心很着急很心疼
在"咚咚"敲打你的心扉

你胸膛里的这颗心
刚一掏出来
就一头扑在地上
紧紧抱住了地上血肉模糊
呼呼冒着热气的这颗心

只有你的心
才认识地上的这颗心
一根汩汩流淌的血脉
将这两颗心紧紧连在一起

你的心在呼天抢地呼喊着：
这是我的父亲
我可终于找到你了　父亲啊

大爱无疆

大爱无疆 心似暖阳

大爱无疆 爱在闪光

有苦你请讲

有难共相帮

愁云山压顶

咬牙翻过梁

只要有了爱 天空多晴朗

只要有了爱 大地更芬芳

啊 大爱无疆

给我们信心和力量

啊 大爱无疆

给我们幸福和希望

大爱无疆 心似春光

大爱无疆 爱在绽放

携手度日月

同心向远方

大爱不言谢

人人热心肠

只要有了爱 青山也妩媚

只要有了爱 江河齐欢唱

啊 大爱无疆

给我们信心和力量

啊 大爱无疆

给我们幸福和希望

大步骋怀

大步骋怀水和山，
两脚铿锵是登攀。
三百情爱成一咏，
读罢风雨展蓝天。

壮心不已向高远，
人生一站胜一站。
作别小楼胸襟阔，
万里江山任指点。

大海之子

极目远眺
可以望到岁月深处
海天相接
那里有生命的来路

这个孩子脱掉衣服
脱掉所有谎言
赤身裸体
像卵石一样光滑一样真实
摁响了我灵感的快门

于是我看到了
人类的童年正向我走来
一排排海浪追赶着涌上岸
阅读他留在身后的
一行脚印

大美延庆

海陀山高咱赛赛腿

妫河流长咱玩玩水

走进画廊一百里　山歌开口就听醉

好汉咱登八达岭　不枉人世走一回

三天逛不全世博园　一生看不够冬奥会

寻古捡块木化石　探奇攀岩古崖居

热了　让夏都小风吹吹背

冷了　龙庆峡冰灯心迷醉

大美延庆　延庆大美

山美水美人他更美

小日子开心又开胃

早餐两碗干饭汤　中午一盘打傀儡

才吃过井庄豆腐宴　再尝尝传统八八席

星月满天可当被　湖光山色陪咱睡

吸口空气洗洗肺　半夜蛙鸣好滋味

去一趟仙境谁也不愿回

回来都变成帅哥和靓妹

大美延庆　延庆大美

大泽乡遇陈胜吴广

一场忽来的大雨

将我赶入公元前

与陈胜吴广不期而遇

陈胜拉着我的手说：老弟

我不是什么英雄

我不愿被杀头

才用死去换不死

吴广也一边插嘴：

我们有老父老母妻子儿女

都说本分的种田人胆子小

树叶子掉了怕砸头皮

陈胜说：

一心一意想赶到司马台

修长城是皇帝派下的劳役

吴广说：

为了不误工期

我们恨不得脱下鞋

全都换上飞毛腿

只因大雨下得急

只因大雨不停息

雨停了

我从秦朝赶回来

大泽乡的老百姓们

正在水里撒网捞鱼

得人心者得江山

一朝天子哟一朝天
其兴也勃焉
其亡也忽焉
兴衰成败一念间

一朝文武哟一朝官
武官不怕死
文官不爱钱
风清气正天下安

啊　以人为鉴
啊　以史为鉴
照一照得失
正一正衣冠

是忠还是奸
是廉还是贪
是勤还是懒
是实干还是空谈

享乐要在百姓后
吃苦要在百姓前
啊　历览上下几千年
得人心者哟他呀得江山

东边日出西边雨

东边日出哟西边雨

你有情来我有意

妹有多少爱

妹有多少思

妹的相思泪

颗颗滴进哥心里

哥在梦里呼唤你

妹妹妹妹　我爱你

择个良辰拜天地

一顶花轿娶娇妻

相亲相爱枝连理

展翅高飞鸟比翼

东边日出哟西边雨

你爱我来我爱你

哥有多少情

哥有多少意

哥的悄悄话

句句甜在妹心里

听妹唱支相思曲

哥哥哥哥　我爱你

择个良辰结夫妻

一掀盖头嫁给你

粗茶淡饭心里美

风吹雨打情不移

冬奥 加油

举杯是壮行的酒　大路它在前头
奋进是出征的酒　远方它无尽头
呼唤山风吼一吼　邀来雪花秀一秀
唱响动人的歌　握住热情的手
手捧金牌酬壮志　心伴升旗擂战鼓
为健儿鼓鼓掌　为成功喊加油
冬奥　加油
友谊　加油

热血是壮行的酒　大路它在前头
拼搏是出征的酒　远方它无尽头
激荡青春破纪录　满怀豪情闯五洲
见见久别的人　会会多年的友
手捧金牌酬壮志　心伴升旗擂战鼓
为今天鼓鼓掌　为明天喊加油
冬奥　加油
希望　加油

冬去春来

醒来挂念　梦里呼唤

愿你

天黑有灯　下雨有伞

出门披红霞　回家展蓝天

即使照顾好自己

就是为国贡献

也总为世界着急

不仅怀里揣着武汉

同心如闻鼓点

携手奋力向前

挺胸抬头咬牙攥拳

山高水长脚比路远

总盼着这一天

姹紫嫣红心开花

千里万里奔袭　春破玉门关

天上人间　一派生机盎然

独臂英雄

炮火血红了眼睛
一次次想围剿你奋勇的生命
而你——丁晓兵
只用一只右臂
轻蔑地给死神以馈赠

有人为你流泪
有人为你不平
还有人以为
你会向命运向人生
举起没有了上联的单臂
举手投降　全线撤兵

不！不！
这个屈辱的动作
这个可耻的造型
绝不属于中国军人
绝不属于血性英雄

珍藏好身体里的弹片
保管好记忆里的枪声
顽强地用钢铁的音质
日里夜里仍高喊冲锋

我骄傲——与丁晓兵同龄

我惭愧——缺少英雄的血性

睡梦中一只独臂

磨成锋利的钢钉

磨成《满江红》的豪情

常把两只胳膊的我

深深刺痛——扎醒

双膝跪地注定是孬种

挺直脊梁才堪称英雄

读书人生

沏一壶清茶　我满屋飘香

邀三两圣贤　我说说感想

不管有多忙

哪怕再紧张

开卷就有益

读书是家常

一卷书给我一课堂

一卷书开我一心窗

读书是我疲惫时的加油站

读书是我失意时的养生堂

读书是我求索时的跋涉路

读书是我攀登时的通天杖

寻一路兰香　我深入楚韵

咏一曲蝉唱　我走进诗唐

不恋颜如玉

不求金满堂

读书破万卷

满腹好文章

一卷书令我神志清

一卷书叫我心欢畅

读书让我年少时有志向

读书让我年老时仍昂扬

读书让我穷困时更坚强

读书让我富贵时更清爽

对酌（三首）

一

天上日月星，地有水火风。
人活精气神，煮酒论英雄。

二

东西南北中，有缘才相迎。
一席知心话，三生不了情。

三

举杯是亲朋，相聚酒一盅。
谈笑无鸿儒，白丁也相拥。

恩爱夫妻

一块糖嚼两份甜蜜　两颗心醉一杯酒里
你是我白天的牵挂　我是你梦里的惦记
啊　恩爱夫妻　恩爱夫妻
贴心的知己　携手的伴侣
情能扎根枝连理　爱生双翅比翼飞
有爱穷也富　小家大天地
分不开的两口子　拆不散的一家子
啊　恩爱夫妻　恩爱夫妻
千年修来的缘分　一生一世的夫妻

一头热成不了夫妻　两中意才心有灵犀
你是我雨里一把伞　我是你风里一件衣
啊　恩爱夫妻　恩爱夫妻
贴心的知己　携手的伴侣
情能扎根枝连理　爱生双翅比翼飞
有爱苦也甜　泪可酿成蜜
分不开的两口子　拆不散的一家子
啊　恩爱夫妻　恩爱夫妻
千年不变的情分　白头到老的夫妻

返老还童

中听的不一定是真话
好看的不一定是真相
五彩缤纷的可能是舞台
装腔作势的没准是演戏

老受骗的是孩子
因为孩子心眼少
不上当的是大人
因为大人花活多

大人喜欢天真
孩子向往成熟
孩子说　我什么时候能长大
大人想　我再也回不去了

丰碑
——纪念周恩来总理逝世二十一周年

你将对人民的深情　精心打制成一枚纪念章

于是"为人民服务"便时时刻刻别在你的胸前

一枚纪念章连着黄河长江的神经

一个小小的浪花　一个细细的波纹

总是最先掀起你的胸怀　拍打你的心房

因为你是总理

总理着亿万人民的冷和暖

总理着九百六十万平方公里的春与秋

时刻将人民装在心里

泱泱大国　世界上四分之一人口吃饭穿衣

无不牵动总理的情怀

夜以继日　日理万机

你的每一寸梦境都让公务占满

因而胸中再也装不进自己

甚至死后连一捧骨灰也不留

为人民服务是张思德烧红的炭

热气腾腾注释着

一个共产党人的襟怀精神和品格

被你锤打成最坚硬的泰山石　构筑起一座丰碑

巍然屹立在共和国的记忆里

任狂风和海啸　均无法将周恩来总理扳倒

风中的荷

当人们
尽情陶醉于你的美丽时
一朵朵荷花却在默默结籽

秋天了
人们为缤纷的落英而暗自叹息
风中的荷
却热情捧出颗颗饱满的莲子

凤凰梧桐

这里风水好　这里天地阔
梧桐树成林　凤凰来做窝
凤飞伏牛山　凤飞双洎河
带来好日月　祝福新生活

说你是一段不了情
唱你是一曲思乡歌
走过千万里　最美家乡月
家乡历史久　代代英杰多
家乡好山河　处处有传说
座座山中有神奇
条条河里流欢乐
方圆六百里　村村勇开拓
中原要崛起　我们当楷模

这里人气旺　这里机遇多
梧桐树成林　凤凰来做窝
凤飞老石固　凤飞大铁佛
带来好日月　祝福新生活

想你是一段不了情
梦你是一曲思乡歌
不管人在哪　最爱家乡月
家乡爱诗书　辈辈人才多

家乡重情义　喜迎八方客

科技园中勤耕耘

开发区里结硕果

儿女八十万　人人敢拼搏

中国梦要圆　我们唱凯歌

高山流水

你懂我的想望
我解你的衷肠
山在怀中屹立
水在琴上流淌
一弹气豪迈
一拨志昂扬
去留肝胆两巍峨
千古丹心一绝唱

天地共鸣
日月交响
你在我的生命里
我在你的心坎上
有缘弦不断
相知爱一场
一曲高山流水
情义世代悠扬

歌唱党旗

这面旗帜上的镰刀和锤头

锻打了一百年的风雨

受苦受难的劳动者

拼命干活的时候

并没有想到

他们手中的镰刀和锤头

已敲开一群中国知识分子

灵感的闸门

工人农民结成联盟

就是一根铁硬无比的杠杆

再找到马列主义做支点

戴眼镜穿长衫的中国知识分子

用他们纤细的手臂

将昏睡的中国撬动了

一九二一年七月

让全世界刮目相看

而今镰刀更加锋利

锤头更加坚硬

旗帜下的这支队伍

有钢铸的精神更有铁打的意志

因而他们能够用豪迈的脚步

丈量一个又一个更伟大的胜利

069

歌乐山魂（二首）

雕塑

在去往歌乐山的路上
时间一律凝固成石头
巨大的花岗岩是有生命的
一块块有血有肉的石头
站成人的造型

他们戴眼镜留学生头
笑容还带着几分稚气
都这么年轻　本来可以
当记者　当诗人　当教授

而今却成为雕塑家
雕刀下一件一件不朽的作品
一块石头就是
一个凛然的英雄
顶天立地

脚步

青春和脚步
怎么能说停就停下呢
梦中有个明天
脚下也有道路

可是执着的追求

却被戴上了

沉重的镣铐

即使这样也不能

也决不能　停下

双脚磨破了

鲜血汩汩地

染红了信仰

染红了理想

歌乐山的先烈们

把短暂的人生

走得叮当作响

成为千古绝唱

生是人杰

死亦鬼雄

披星戴月

故乡的山　故乡的河

高高的海陀　长长的妫河
这故乡的山　这故乡的河
山常在心上屹立
河常在梦中流过

一道山梁　一本画册
画不够的美景是海陀
一朵浪花　一个传说
讲不完的故事是妫河

春种秋收　满山瓜果
说不尽的爱恋是海陀
花开花落　遍地景色
梦不断的思念是妫河

我爱故乡的海陀
你是我不屈的骨骼
我爱故乡的妫河
你是我奔流的热血

国泰民安

看泰山日出　我看到国泰民安

听黄河涛声　我听见国泰民安

从奉献里　品味国泰民安

从成功中　享受国泰民安

畅饮哟　千杯甘甜

欢乐这　国泰民安

点亮哟　万家灯火

幸福这　国泰民安

一吨收获哟　一吨汗

撸起袖子加油干

啊　国泰民安

啊　国泰民安

看　蛟龙出海

看　飞船上天

满天礼花哟

绚丽这　国泰民安

遍地红火哟

欢腾这　国泰民安

回望五千年　我体会国泰民安

奋进新时代　我欣喜国泰民安

你的眼神　美出国泰民安

我的嘴角　笑出国泰民安

描画哟　绿水青山

丹青这　国泰民安

弹奏哟　风调雨顺

歌唱这　国泰民安

大河有水哟　小河满

五湖四海抱成团

啊　国泰民安

啊　国泰民安

看　睡狮觉醒

看　神州梦圆

满天礼花哟

绚丽这　国泰民安

遍地红火哟

欢腾这　国泰民安

海滩

记住　一定赶在天黑前
让风吹干潮湿的五脏六腑
让阳光涂黑　白色的肚皮
然后甩一甩头发
高高兴兴回家

海浪汹涌着上岸
一路追逐
你留下的脚印

喝粥记事

二月十九　北风呼吼
来到宏状元粥屋
不见状元只有粥
其实不过两碗粥
一碗是明白
一碗是糊涂

问声老板：
这粥是谁熬的？
一碗一碗为何这么苦？

老板说：
加了黄连　还有二锅头

怪不得
谁喝了都不好受

黑脸关公

只因这世道过于黑暗
你才用一张黑脸面对
那是墨染的云
遮住了面颊
让星星般的眼睛
透过云层
闪烁比刀子还锐利的光
心中有雷
心中有闪电

剥开长袍马褂
敞露赤裸的灵魂
交给百姓检验
到底黑没黑
开封府那冷冷的铡刀
可以铡贪官铡污吏
铡皇帝的姑爷

比脸黑千倍万倍的世道
黑脸的关公却无法铡断

红色南昌　英雄南昌

千古一枪　惊雷出膛

"八一"举义　暗夜挑亮

战旗飘扬　军号嘹亮

何惧雨骤风狂　奋起武装反抗

红色南昌　英雄南昌

红色的旗帜　英雄的悲壮

坚信那"枪杆子里面出政权"

劳苦大众　翻身解放

豪情满腔　神州浩荡

"八一"举义　迎来曙光

民族先锋　浴血沙场

工农革命军　百姓的武装

红色南昌　英雄南昌

红色的信仰　英雄的理想

坚信那"星星之火可以燎原"

万里江山　日出东方

胸怀凌云志　手握接力棒

长征再出发　全面建小康

红色南昌　英雄南昌

红色的旗帜永远飘扬

英雄的战歌世代高唱

践行这"忠诚干净担当"

民族复兴　盛世辉煌

红颜（二首）

女明星

不仅是因为快乐才歌唱

从早到晚都等待着有人报幕

登台亮相是为了

让男女老少五花八门的人

检验嗓子和美貌

因此她开始修改自己的脸

父亲和母亲共同完成的这一份作品

还真是不够炉火纯青

她要删掉几颗雀斑

她要抻长一小截儿眉毛

让它弯成月牙儿

眼睛修饰成黑葡萄

额前的刘海儿梳理成五线谱

交给乐队尽情演奏

往胸脯里弹进一段旋律

让乳房浪漫得更丰满

左脚鞋跟儿钉上一句歌词

右脚鞋跟儿钉上一句歌词

这样可以拔高主题和身材

红嘴巴不吃饭的时候都在歌唱

不知不觉口红唱丢了

她的名字反而红起来
成为比口红还红的歌星

女歌星调门儿很高
爬过从南到北的许多高山
所有长耳朵的地方
都挂满了她悦耳的歌声
后来女歌星的嗓子哑了
就此一不做二不休由美声改唱通俗
都说女歌星的歌声可挤出豆汁

如果将一个又一个音符穿起来
又是一串酸甜可口的冰糖葫芦儿
城市乡村的大街小巷
让歌声通畅得车水马龙

有人与女歌星同居
却不是她的爱人
这家伙趁女歌星睡着了
劫走了她走穴赚来的钱有十五贯
并席卷了她所有的金银首饰
也席卷了女歌星傻乎乎的爱
从此女歌星一贫如洗
她只好提两串泪珠去缴纳
已拖欠许久并许多的演出税

第二日女歌星又被掌声抬出了场

公开发表于电视屏幕上

看着听着亿万观众觉得不对劲儿

她的歌声咋拖着哭腔

她的双眼咋比嘴巴还红润

女歌星穿了红裙子走在春天里

像一朵鲜艳的会飞的花

不少男人的眼里翔出了蜜蜂

可是男人们大都缺乏勇敢

他们只能暗暗地

做女歌星歌声的丈夫

与她的美貌恩恩爱爱

女歌星至今仍在一个人独唱

默默地唱她的白天和夜晚

女编辑

女编辑睡在唐诗宋词里

她从古代醒来

懒懒的一个哈欠

将所有男记者的笔

打磨得一个劲儿婉约

女编辑有一双红酥手

她对着镜子画版如同梳妆

将"头条"润色得眉清目秀

给"报眼"绘上睫毛一样的花边

斟酌标题一遍又一遍

将它们锤炼得如同

"蝶恋花""水调歌头"一样

既精练又诗意

这还不够当然不够

飞翔在经典诗词里的黄鹂和鹧鸪

一不小心被女编辑捉住

一笔一画刺绣在版面上

为此女编辑的腰被熬成了婀娜的柳条

在春天的风里尽情妩媚

就这样一张报纸

被女编辑打扮成了新娘

满城的人纷纷

用眼睛大张旗鼓抢购

女编辑也忧郁也淡淡地伤感

这倒不是新婚的丈夫

被皇帝抓走当兵戍边去了

或是累死在了修长城的工地

而是乘一张"绿卡"

飞到了大洋彼岸的美利坚

那里的姑娘是蓝眼珠

蓝得似海深不见底儿

女编辑的丈夫由于没戴救生圈

就淹没在海里无法打捞

女编辑走出深深庭院

徘徊在晓风残月的杨柳岸
有多情的男记者给她拼命写信
上阕是缠绵　下阕还是缠绵
女编辑在等待
非要等到那情书挤出了水分
提炼成一行一行的绝句

为了绝句
有男记者顺着线装竖版的诗词
一个猛子扎了进去
准备拜既不穿西装不扎领带
也不修边幅的柳永和秦观为师
当这两位的研究生
为了绝句
有男记者决定两肋插刀
为了绝句
有男记者背井离乡
被逼到了宋朝的汴梁

红颜知己

月亮钻进云层里
我趁夜色吻了你
叫声妹妹你别生气
你的美丽
让我没有管住我自己
微风吹来一阵雨
我把你紧紧抱怀里
叫声妹妹你别害怕
风里雨里有我保护你
你是我的红颜
你是我的知己
你就住在了我心里
我的心就是大房子
风风雨雨也不会吹到你淋到你

微风吹来一阵雨
我把你紧紧抱怀里
叫声妹妹你别害怕
风里雨里有我保护你
你是我的红颜
你是我的知己
你是我一生的牵挂
你是我一生的伴侣
风风雨雨我和你永远携手在一起

花朵

风中的花朵
雨中的花朵
别看她小　风吹吹不落
别笑她弱　雨打打不折
一心诗意　满怀春色
使劲美丽　拼命快乐

没人的路边
少光的角落
风吹跳舞　风中的花朵
雨打唱歌　雨中的花朵
一心爱恋　满怀炽热
美的气质　香的品格

花开时代

雪融了花开　冬去了春来

冰化了河开　苦尽了甜来

这世界变化快　天天有精彩

赶上了好光景　人人长能耐

庄稼汉成了大老板

小女子上阵能挂帅

这乡村和城市连一块儿

大街小巷拆也拆不开

这姑娘和小伙对上眼儿

十头老牛拉也拉不开

心气顺了人就帅

小花园变成大舞台

日子美了精神好

卡拉一曲也开怀

啊　小康时代

啊　小康时代

歌唱我们的小康时代

拥抱我们的小康时代

啊　小康时代

啊　小康时代

欢舞我们的小康时代

奋进我们的小康时代

欢天喜地过大年

紧赶再紧赶

三百六十五程思念

推开家门哟

就是热腾腾的团圆

即便你远在千万里

即便你有事不能还

来段视频咱也见见面

发条微信咱也聊聊天

啊　过年啦过年啦

欢天喜地过大年

到处歌甜花香哟

满目绿水青山

斟满再斟满

三百六十五杯祝愿

敞开心扉哟

就是火辣辣的情感

今年收获了美满

明年放飞那志愿

包份爱心孩子乐开花

道声祝福大人笑开颜

啊　过年啦过年啦

欢天喜地过大年

汗浇五谷丰登哟

心愿国泰民安

欢迎你到雄安来

山的风采　水的风采

山水间崛起一城气派

山水间崛起一城气派

有梦想你就别等待

有宏图你就快展开

欢迎你到雄安来

欢迎你到雄安来

奋进新时代

人生更出彩

开门连通五大洲

携手签约全世界

天的风采　地的风采

天地间矗立一世豪迈

天地间矗立一世豪迈

是雄鹰你就上蓝天

是蛟龙你就出大海

欢迎你到雄安来

欢迎你到雄安来

阳光铺丝路

友谊织彩带

打造命运共同体

同舟共济向未来

黄河壶口

春夏秋冬
全都流进了壶里
一把紫泥沙壶
盛满苦与乐　歌与诗

酝酿再酝酿
千百年的情感
似水　似酒
一旦喷发出来
就让人感到气吞山河

难怪成群结队的人
一个一个醉倒了

醒来
竟是一个民族的
虎跃龙腾

黄河娃

听你　我想和你说

看你　我想挥笔画

啊　岸边出生　啊　浪里长大

小时候　人们叫我黄河娃

长大了　人们喊我大画家

揣一把黄土我闯天下　挥一杆画笔我走天涯

举头望月　画不尽那故乡情

心随浪涌　梦里妙笔也生花

一河爱恋大写意　万卷丹青知心话

黄河啊你是我心中永远的母亲

母亲啊我是你怀里生死相依的娃

听你　你是一首歌

看你　你是一幅画

啊　水是摇篮　啊　山是我家

想你时　声声呼唤入梦来

画你时　朵朵浪花到笔下

揣一把黄土我闯天下　挥一杆画笔我走天涯

举头望月　画不尽那故乡情

心随浪涌　梦里妙笔也生花

一河爱恋大写意　万卷丹青知心话

黄河啊你是我心中永远的母亲

母亲啊我是你怀里生死相依的娃

回到老家

满怀一颗归心
抖去一路风尘
抱一抱故乡的风
揣一片老家的云
门锁虽已生了锈
屋檐虽已长苔痕
吱扭扭推开旧居的大门
迎面扑来热乎乎的乡音
眼望墙上挂着的全家福
清晰明了记忆浓烈了温馨
叫一声我的父亲母亲哟
我再也忍不住热泪纷纷
乡恋是我右舍
乡愁是我左邻
亲一亲故乡的土
采一朵老家的春
捧口泉水润润喉
唱句山歌提提神
开一壶老酒咱解解闷儿
唠一夜家常咱交交心
搂住门口那棵大槐树
我就搂住了生命的根
雨打羊肠路念叨游子吟
风吹小池塘波动赤子心

回家过年

是谁梦里默念

是谁醒来翘盼

饺子包的是团圆

春联贴的是祝愿

山高水长你在呼唤

披星戴月我在追赶

日出日落哟月缺月圆

海角天涯哟地北天南

回家过年　回家过年

过一个美美满满

过一个光光鲜鲜

过一个推杯换盏

过一个花香歌甜

过一个辞旧迎新

过一个天高地远

大红灯笼哟照亮大好前程

阵阵锣鼓哟助咱一路凯旋

回家过年　回家过年

婚姻爱情(七首)

两地书

隔着山山水水

你把爱寄来

一颗心滚烫滚烫

热得我汗流浃背　赤身裸体

我慌忙爬进一个牛皮纸信封

挂号　投奔　远方的你

你默读我的眼睛

你朗诵我的鼻子

你心潮澎湃的时候

可千万别　揪痛我可怜的双耳

殊不知

耳朵也　两地分居

默默地害着相思

筷子

孤零零一支

不能叫筷子

只有成双结对

才能够夹起

早晨　中午　傍晚

放进嘴里

津津有味

为此两支筷子

热恋了一生

筷子头儿上烙满

密密匝匝的牙印儿

谁也不嫌弃谁　总是相伴

只要有碗

两支筷子　就难舍难分

奇怪的是端碗的人

往往不如筷子幸福

清炖鱼

从水汪汪的祝福里

捞起一条鱼

多像爱　欢蹦乱跳

清炖

加一勺儿葱姜蒜

加一勺儿调味酒

才知道结婚是吃鱼

细嚼慢咽

婚姻需专心致志　聚精会神

倘一开小差

说不准就让鱼刺卡住了喉咙

吐不出来　咽不下去

骨架是完整的　有头有尾
提起来重放入水中
等它复活
期待记忆
再游进两个人的日子

拐杖

相爱的人结合了
就像两只脚走到一起
这是一种缘分
我俩相爱
遗憾却没有缘
你和我只好
单脚而立　单腿行走

为了走过泥泞　走过坎坷
谁不梦想有一根拐杖
你手里握着的是我
我手里握着的是你

梦里有个凌乱的你

你是一个神秘的小妖
媚媚的很会偷袭
往往趁我睡意蒙眬之际
蹑手蹑脚潜入我的梦里
一颦一笑　时忧时喜
你最会乔装

让我与你一同入戏

被你牵着引着

我的梦境变幻莫测

一会儿晴　一会儿雨

你有多少种情感

我的梦里就有多少个你

醒来痴痴凝视天花板

一句话不说

却胜过千言万语

梦里有个凌乱的你

摸不着　捉不住　更无法剪辑

有时一生短的像一双筷子

有时一梦长的像一个世纪

葫芦的故事

春天的时候

你我在院子里

种下了一棵葫芦

日日给它浇水　给它施肥

葫芦苗很快长出了碧绿的藤

若心中的情思

长长　长长爬上了葫芦架

一个个圆圆的小葫芦

装着两个人的心事

七夕你我偷偷躲到葫芦架下

听牛郎和织女在天上谈情说爱

谁想到秋后

成熟的葫芦生生被一刀切开

掏干里边的瓢和籽

变成两个水瓢

一个瓢是你　一个瓢是我

日里梦里我都想

手捧一瓢甘泉　给干渴的你送去

最后声明

你不要靠天　也不要靠地

这世上能靠得住的只有我

我基本上只有一个优点就是忠诚

有谁能像我一样

用三十六年提炼忠诚

二十四K金的忠诚　纯金的忠诚

因为忠诚　像拔掉我头上早生的白发一样

我要拔掉身上的一切坏脾气

变成你的出气筒

你有一百个理由

可以恼　可以嗔　可以责怪　可以痛骂

甚至跳着脚咬我

我绝对保证

不急　不火　不烦　不厌

连眼皮也不眨一眨

为了你的幸福

我把胸膛忍成一个大海

你可以尽情咆哮

我还会将兜里所有的钱

小金库里的爱

一个不剩地掏给你

由你大把大把花个痛快

过了年三十　就追不回除夕

千万别再迟疑

如果你稍一愣神

天上那个穷追不舍的七仙女

就要拐骗我到瑶池

去给王母娘娘当姑爷

到那时　哎呀到那时

你非晕倒　在我的洞房外不可

你今生今世　将永远服一剂最苦最苦的药

医治你永远不能治愈的后悔

医治你药锅里熬了一生的哭哭啼啼

这是我最后的声明

我的忍耐已经到了极限

如果赶不上这最后一班车

我的人生就彻底向你关门了

活着的神话

有难自己扛

有泪自己擦

摔倒自己爬

牙打掉了自己咽下

路再远也别害怕

夜再黑眼也别瞎

没有人能替你长大

没有人能替你走回家

满眼泪光　辛酸一把

风雨再大　头不低下

求天天塌了　求地地陷了

不靠爹　也不靠妈

别指望上帝发慈悲

自己才是活着的神话

这世上没有救世主

冰融雪化生命开花

健康第一

中华五千年春春秋秋

五十六个民族种种收收

加一把大枣枸杞白莲藕

熬香一锅营养粥

荆芥柴胡板蓝根

牛黄一丸清热又解毒

身体好了还要心情好

心情好了吃啥都是补

活着是硬道理　健康是第一要务

针灸推拿舒筋骨　风风雨雨相搀扶

苦尽甘来放歌吼　人生路上大步走

中华五千年春春秋秋

五十六个民族种种收收

加一把黄连当归何首乌

煮沸一壶相思苦

红果银杏长白参

丁香一树伴我迎风舞

身体好了还要心情好

心情好了吃啥都是福

活着是硬道理　健康是第一要务

望闻问切长相知　沟沟坎坎两不负

冬去春来梅二度　人生路上不停步

将军之歌

天太黑了
一百零八把雪亮的刺刀
向如磐的暗夜　捅去

终于捅出一个窟窿
血　汩汩地流呀流
六安①被染红了
成为红色的革命老区
钻出窟窿的太阳
这最大的一滴血
将头上一百零八枚红五星
再一次染红　染亮
本都是安分守己的庄稼人
一年四季的血汗
却被地主老财收割了
一代代种田　一辈辈挨饿
撒把种子就开花的六安
这一回遍地都
长出愤怒　长出呐喊

他们第一次理解了
曾经熟练舞弄过的镰刀　锤头

① 安徽省六安地区是著名的革命老区，中华人民共和国成立初的一百零八位将军，就从这块土地上走出来。

在鲜红的旗帜上

代表了一种理想　一种信念

终于到了这一天

民国三十八年

被一刀斩断了

成为一根绳子

拴住蒋家王朝

像一个俘虏

被押到了天安门前

毛泽东拍拍他们的肩膀

过去的种田娃挺起腰杆儿

成为共和国堂堂的将军

让我们从将军服下的累累伤疤上

认真研读　历史

今世缘　老来伴

每天出门前　我都要深情看一眼
每天出门前　我都要对你说"再见"
我的贤内助啊　我的今世缘
你和我同甘苦　你和我共患难
你是我百年修来的福
你是我千年结下的缘
只要你我手相牵
就没有走不出的阴雨天
河流也为我们欢歌
山峰也为我们点赞

每天回到家　我都要抱抱你的肩
每天回到家　我都要亲亲你的脸
我的长相守啊　我的老来伴
你为家操碎了心　你为家流干了汗
相爱就是享不尽的福
相知就是拆不散的缘
只要你我心相连
就没有过不去的火焰山
朝阳也为我们喝彩
明月也为我们祝愿

金鸡报晓

是谁在回家
　　登上飞机
　　登上火车
那一刹那
　　也登上了
　　一只雄鸡的金冠

是谁在包饺子
　　高高兴兴
　　嘻嘻哈哈
那一刹那
　　也包进了
　　三鲜馅的心情

是谁在划火
　　点一挂鞭炮
　　燃几把烟花
那一刹那
　　也点燃了
　　红红火火的日子

是谁踩上凳子
　　檐前挂灯笼
　　门上贴对联

那一刹那

　　也举高了

　　我们幸福的指数

是谁一声啼鸣

　　就叫醒

　　九百六十万平方公里

　　长江黄河

　　也披衣起床

翘首注望着

　　大地回春

　　东方欲晓

井冈诗情

山一程 水一程——远山抒情诗选集 一 第二辑 披星戴月 一

一九二七年十月，毛泽东率领秋收起义部队上了井冈山，后又与朱德南昌起义部队胜利会师。在井冈山艰苦卓绝的战争岁月里，毛泽东激情澎湃，经常创作诗词作品，表现出一位革命领袖的坚强意志和乐观主义精神。值此毛泽东同志诞辰一百一十周年之际，谨以《井冈诗情》这首诗，表达对他的深切怀念。

毛泽东的精神意志
还有他的豪放抑或婉约
是红米饭南瓜汤喂养的

勒紧肚皮再勒紧
饥肠辘辘唱着一支
清汤寡水的歌
唱瘦了日头　唱瘦了月亮
唱不瘦的是毛泽东的诗情
异常丰满　异常圆润

他写诗的毛笔
立起来就是一杆井冈翠竹
因为傲骨　因为气节
让熟识和不熟识的人
都肃然起敬　不得不五体投地

诗人毛泽东在砚台上

研磨　再研磨

研磨土枪梭镖的锐气

研磨镰刀锤头的品格

也研磨他笔下的诗句

激情总有一股辣味

豪情直冲云霄

很高　很高

离天只有三尺三了

调兵遣将　飞机大炮

"步步为营　层层为垒"

蒋介石五次"围剿"

也无法擒住毛泽东飞扬的灵感

他的思绪早已冲出重围

一路狂草　摧枯拉朽

"横扫千军如卷席"

一把就抓住了那个叫张辉瓒的

国民党十八师师长

写诗作词　毛泽东善于出其不意

声东击西　擅长游击战术　炉火纯青

带兵治军　毛泽东又极讲究纪律

他领唱"三大纪律八项注意"

绝不允许跑调走音

平平仄仄　对偶押韵

挥动诗笔

才华漫山横溢

奔走在五百里井冈

领袖和诗人用智慧和胆量

提炼出一个井冈山精神

铿锵作响　千古传颂

打了胜仗　写出好诗

毛泽东总爱摸出火柴

很香甜地　抽一口烟

谁想这一划就点亮诗眼

就因为这星星之火

中国革命燃成燎原之势

苦尽甘来真生活

有苦说出来
有泪别忍着
阴雨天不要皱眉头
艰难中跋涉最快活

没有翻不过的火焰山
没有跨不过的大渡河
咬紧牙关大步走
脚踏泥泞放声歌

别怪老天不公道
别怨人间是非多
风霜雨雪交响曲
苦尽甘来才是真生活

老伴儿

你吃了多少苦　我心里最有数
你爱我有多深　我心里最清楚
你是我前世的缘　你是我今生的福
叫一声老伴儿　疲惫时我有劲头
叫一声老伴儿　寂寞时我不孤独

看到你皱眉头　我也跟着你愁
看到你笑呵呵　我就忘了烦和忧
旅途上与你心贴心　风雨中和你手牵手
叫一声老伴儿　你是我阴天的阳光
叫一声老伴儿　你是我晴天的雨露

读过人生万卷书
读不够你深情的一个回眸
读过人生万卷书
最动心你知冷知热的一句问候
走过人生万里路　你是我一生的归宿
走过人生万里路　感恩一路有你搀扶

老家

总是想念老家的春天
一群孩子在田野撒欢
总是想念老家的秋天
漫山遍野飘溢着香甜
总是想念老家的白天
父亲顶着日头在田里流汗
总是想念老家的夜晚
母亲就着月光缝补生活的光鲜

自从那年我走出大山
就像风筝放飞到天边
白发双亲的喜与乐
一下一下揪着我的挂念
自从那年我走出大山
就像燕子越飞越远
父母总在村口望眼欲穿
翘盼春归的燕子衔回一家人的团圆

镰刀锤头对我说（二首）

雄鸡啼晓

公元一九二一

历史一页一页　翻到了农历鸡年

九百六十万平方公里

卧在版图上的这只雄鸡

在七月的一个拂晓　挺身而起

引吭高唱　唤醒了多灾多难的民族

一路浴血向前

让剿不灭的信仰冲出重围

让困不死的理想翻过雪山

打紧绑腿地跋涉　二万五千里

接着二万五千里

血雨腥风中　高举星星之火

一次又一次冲锋

奋不顾身的义勇军　挑开枪林弹雨

升起一轮朝阳　真理般光芒万丈　东方红

匍匐的日月　还有黄河泰山　翻身解放

同着一座人民英雄纪念碑

挺直脊梁　从此站立起来了

古老而神奇的中国

扬眉吐气　威风凛凛

让所有黑眼珠蓝眼珠　刮目相看

再也不敢小觑

一步一个凯旋

是谁点亮一怀信念　登上乘风破浪的红船

是谁扶起草地上的红五星　翻过了雪山

是谁让匍匐的民族抬起头　挺直了腰杆儿

是谁让饥寒交迫的劳苦大众　终于吃饱穿暖

是铮铮作响的锤头　砸开囚禁光明的铁门

是金光闪闪的镰刀　解放了我们头上的蓝天

是镰刀锤头的旗帜　率领我们披荆斩棘　勇往直前

是这面血染的旗帜　风雨兼程一百年

是这面胜利的旗帜　铁流滚滚九千万

高举这面旗帜　我们一次次出发

高举这面旗帜　我们一步一个凯旋

两岸同心歌

掏心搭桥，用爱铺路。

炎黄子孙，同胞手足。

和平之旅，历史握手。

一湾海峡，千行泪珠。

历史创伤，风云酸楚。

相视一笑，泯去恩仇。

血浓于水，文明同祖。

波诡云谲，牵肠挂肚。

煮豆燃萁，仇快亲哭。

和则共荣，分则两苦。

千夫所指，玩火台独。

"一中一台"，民贼独夫。

分裂祖国，人天共诛。

江山社稷，沉浮自主。

统一伟业，携手同赴。

"一国两制"，光明前途。

雄鸡一唱，九州日出。

刘三姐

山回路转　波光潋滟
摇桨的刘三姐
拾起一朵朵浪花放在嘴里
就是一船从早唱到晚
清格凌凌甩出水音的歌声

三百六十五个日子在路上
跋山涉水　风雨兼程
从四面八方赶来
只为了娶一支苗条的漓江　回家成亲

有多少人不愿当神仙
倒插门儿也要做桂林的新郎
春夏秋冬　日出日落
甜美在刘三姐爱情的四季中

六十感怀（外四首）

风雨兼程近六旬，白首仍是读书人。
满眼新奇看世界，恍如当年出校门。

白头吟

半百白头翁，生在绿林中。
仗剑惩腐恶，奋笔唤清风。
撸袖加油干，赤足步匆匆。
老牛望前路，不催自奔腾。

花甲咏

人到退休是转场，青春六十才绽放。
作别高楼进书斋，斩断八股写华章。
朝九晚五爷不管，出入起卧看太阳。
山高水长任我走，人生无处不风光。

六十吟

六十真英雄，打虎赛武松。
退休怎么办，奋笔唤清风。

六十自咏

满怀意气催白发，一身嶙峋轻回家。
大锄横肩农夫乐，披星戴月弄桑麻。
春种诗情秋看画，五里藤抱石当瓜。
湖光山色杯盘尽，鹧鸪声里醉流霞。

卢沟狮吼

留着八字胡的渡边、松井猫着腰猫着阴谋
鬼鬼祟祟钻进了比八字胡还黑的夜色
子弹射穿宛平城男女老少的梦境
明晃晃的刺刀割断了长长的呼噜

卢沟桥的狮子醒了睁大愤怒的双眼
大吼一声　奋力捡起流浪的九一八
并将哭哭啼啼的《松花江》改写成
《黄河大合唱》《义勇军进行曲》雄壮激昂的旋律
从此埋伏在青纱帐高粱地里的爱国豪情　英雄气概
把一九三七年七月七日制作成一面
誓死不当亡国奴的旗帜
挺身而出　勇往直前
冲向了抗日杀敌的战场

这是一场持久战
四万万同胞万众一心　同仇敌忾
浴血将八年的日日月月　朝朝夕夕
拧成一根长长的绳子
五花大绑　终于捆住了法西斯的野心
并将屠刀上挑着的"王道乐土""大东亚共荣圈"
彻底赶出中国

妈妈　我回来了

看着一夜不停的雪

妈妈　你在远方可又想起了我

听着一夜不歇的风

妈妈　你在远方可又呼唤着我

我走过一道道山

我走过一条条河

我走过一年年的苦苦乐乐

我走过一岁岁的冷冷热热

妈妈　我回来了

妈妈　我要亲亲你

妈妈　你也亲亲我

你望穿一道道山

你望穿一条条河

你望穿一年年的月圆月缺

你望穿一岁岁的花开花落

妈妈　我回来了

妈妈　我要抱紧你

妈妈　你也抱紧我

每个生命都有活着的权利

好像是在和梦魇打仗
敌人疫魔一样神出鬼没
在见不得人的地方突然释放病毒
让好多亲人不明不白地遇险
而我们除了防卫却很难将其一举歼灭

这是今年春节
我往门上贴"福"字的时候
远远的一个喷嚏　一阵咳嗽
无意中告诉我的　武汉得了肺炎
起初是感冒发烧　烧得有些头疼
整个荆楚都感到憋气呼吸困难
中医和西医从没有像今天这样
好得像亲哥俩儿　手挽手一同出急诊
亦如赴汤蹈火　突然逆行加速
和命运赛跑　抢救一家一家的幸福
真想开一方灵丹妙药
让九百六十万山河都妙手回春
花红柳绿　莺歌燕舞

而我还觉得平日里
我们也要注意和空气搞好关系
与每一名飞禽走兽睦邻友好　相亲相爱
因为天上飞的　地上跑的

大家都是空气的孩子

谁都不愿意活生生长眠在真空里

生也一口气　死也一口气

被狂风暴雪欺凌了整整一冬

春天气喘吁吁　终于逃出虎口

她拼尽洪荒之力

使出一个季节的冲动

心花怒放　漫山遍野的生机　一望无际的芬芳

并以青春的名义　向地球示爱

一头扑进明天的怀抱

热泪盈眶地对世界说

每个生命都有活着的权利

美出风采

一路风尘洗一洗

一怀思绪理一理

剪去一脸疲惫

吹开满心花蕾

好光景绯红了腮

小日子笑弯了眉

哥哥帅呆了　成了高富帅

妹妹酷毙了　成了白富美

大爷大妈也把新潮追

潇潇洒洒回到了十八岁

都说技艺高　咱可不自吹

都说人热情　咱可不自擂

美出好风采

美出好韵味

天也美　天出彩

地也美　地增辉

人更美　人陶醉

魅力西湖（二首）

眺望

这一天像跳进西湖中洗过

一尘不染的杭州晴得出奇

只是随便一望

我的眼睛就奔走了十几公里

来到湖对面的山上

山上有一座神奇的塔

一砖一石砌出一个美丽动人的传说

讲述不老的爱情

一九二四年九月　这座塔轰然坍塌了

而饱受风吹雨打的爱情　却更加亭亭玉立

人们看到痴情的许仙和白娘子

相依相偎　相扶相伴

常在如镜的湖面　照一照涌出心底的幸福

而今呀不是相思太苦

而是因为追求清淡和减肥

杭州的少男少女们

全都瘦成西湖边苗条的柳丝

拍岸

湖水轻轻拍岸　拍打着多少脚步

匆匆走过白堤　走过苏堤

阳光照着一个竖版的身影

是我满怀线装的情感
站在二〇〇八年十二月十二日
迎候身穿唐装或是宋装的这个早晨

我看见平平仄仄　铿铿锵锵
迎面走来两位长髯飘飘的诗人
一边踱步一边吟诗
将一条千年的小路
走得抑扬顿挫　声情并茂
老诗人带来的当然有诗
润色得精美而格律
他们还赠我一把不锈的铁锹
可以清理西湖的杂草和淤泥
岁月告诉我
正是因为有了这两样东西
历史迤逦走过的断桥
才终于没有断
而且永远也断不了

梦回故里

我想你　你总在我梦里

我骑着思念的马儿去找你

跑过朝朝夕夕

一路风雨　石径颠簸我的记忆

爸爸妈妈　白发添了几许

甜给儿女　苦留自己

想你爱你　让我紧紧拥抱你

山也无际　水也无际

千里万里　你在我的心里

山也无际　水也无际

千里万里　你在我的生命里

啊　梦回故里

风雨兼程

明白人　清白人

一针一线缝补艰辛
一粥一饭养我成人
而今就要出家门
母亲拉着儿的手
声声叮咛温暖我的心
金钱美色迷魂药
做人要做个明白人
小恩小惠不贪图
行端表正有分寸
常在河边脚步稳
失足便成千古恨

一月一年走过冬春
一言一行教我做人
而今就要离乡村
母亲拉着儿的手
声声嘱咐打动我的心
出泥不染莲花美
做人要做个清白人
荣华富贵不迷恋
粗茶淡饭守本分
平平安安最幸福
忠厚传家享天伦

日里夜里思念母亲
叮我嘱我做个好人
而今受到党信任
党的关爱比母亲
谆谆教诲激励我的心
打铁必须自身硬
铁纪才能带铁军
掌权应知责任大
当官俯首为人民
两袖清风不染尘
一身正气立乾坤

茉莉仙子

你美得像茉莉

茉莉香得像你

你让我痴迷

茉莉让我陶醉

啊　茉莉仙子

啊　茉莉仙子

美在眼前

香飘梦里

沏一壶情缘

品两心爱意

春夏秋冬

弹起浪漫的旋律

风霜雨雪

唱出缠绵的心曲

母亲喊我回家吃饭了

太阳落山了
炊烟飘起了
母亲站在街口上
喊我回家吃饭了

筐已装满了
肚子也饿了
母亲站在街口上
喊我回家吃饭了

鸟儿回巢了
风儿也歇了
母亲站在街口上
喊我回家吃饭了

母亲走远了
喊声听不见了
我从梦里醒了
月亮在窗子上哭了

那个夏天　那场雨

那个夏天　那场雨
一把雨伞　我和你
不用想起　却挥之不去
我的爱　你究竟在哪里
一把雨伞　相恋我和你

每到夏天　一下雨
打把雨伞　我找你
走过一山哟　走过一水
我的爱　你究竟在哪里
一把雨伞　呼唤我和你

雨住风停　情难已
梦架鹊桥　两相思
月亮出来　清辉伴泪滴
我的爱　你究竟在哪里
一把雨伞　思念我和你

啊细雨绵绵　啊绵绵细雨

男子汉

说话不拐弯

干事挑重担

便宜咱不占

危难冲在前

为人就像亲兄弟呀

掏心又掏肝

啊　男子汉哟男子汉

只洒热血只流汗

啊　男子汉哟男子汉

赴汤蹈火不眨眼

儿女谁不疼

娇妻谁不恋

柔时心肠软

倔起强如山

处事都是铁哥们呀

豪情大碗干

啊　男子汉哟男子汉

一身骨头一身胆

啊　男子汉哟男子汉

天塌下来扛在肩

你就是去年的那场雪

你就是去年的那场雪
从天而降你偷袭了我
我的爱早已在雪下蓬勃
憨憨的你哟咋就看不破

别把我的羞涩当冷漠
别把我的矜持当拒绝
可知我睁眼闭眼全是你
可知我日里夜里喊哥哥

只需你眼神里的一点热
哥哥哟　你就点燃了
我心中的那团火
只需你轻轻打开我
哥哥哟　你就走进了
我那关不住的满园春色

你我的情歌

十八的姑娘　　二十的小伙

哪个不多情　　哪个不炽热

端起饭碗　　咀嚼生活

拿起筷子　　想起你我

一根筷子　　形单影只

一双筷子　　一唱一和

一根筷子　　日夜相思

一双筷子　　百年琴瑟

十八的姑娘　　二十的小伙

哪个不多情　　哪个不炽热

端起饭碗　　咀嚼生活

拿起筷子　　想起你我

风雨同行　　相濡以沫

携手并肩　　志同道合

啊　　筷子盼成双

啊　　你我盼结合

酸甜苦辣是你我的爱情

春夏秋冬是你我的情歌

你养我长大　我陪你变老

啊　你养我长大

啊　我陪你变老

常想起爸的好

有了苦和难　爸爸全担着

常想起妈的爱

有口好吃的　妈给我留着

总记得爸的好

爸爸捧着我　捧着怕摔了

总记得妈的爱

妈妈含着我　含着怕化了

忘不了爸的好

为了培养我　爸爸操碎了心

忘不了妈的爱

为了拉扯我　妈妈累弯了腰

不养儿不知爸的好

叫一声爸哟　我是您出门的手杖

不养儿不知妈的爱

叫一声妈哟　我是您贴心小棉袄

都说百善孝为先

都说尽孝要趁早

有空多陪陪爸和妈

不要让二老守空巢

不要总惦着往外跑

不跑也没啥大不了
有空多陪陪爸和妈
亲亲热热乐陶陶
啊　你养我长大
啊　我陪你变老

你召唤我　我跟随你

你飘扬在我凝望的目光里
光辉灿烂是我鲜红的记忆
一次次举起信仰和右拳
我高唱镰刀锤头的交响曲
我走在你雄壮的队伍里
奋进的脚步响彻广袤大地
长征啊　长征永远在路上
我们追赶一个又一个晨曦

你声声召唤我　前赴后继
我紧紧跟随你　披荆斩棘
啊　不忘初心
你给我不竭的勇气和动力
啊　牢记使命
你让我不惧风雨　只争朝夕
啊　不忘初心
我们用初心焕发你的青春
啊　牢记使命
我们用使命让你更加美丽

念故乡

哪儿是风中的大槐树
哪儿是雨里的老祖屋
哪架井台担两桶晚霞
哪道山岭割一筐日出
老先生摇响了上课铃
豁豁牙牙扯开喉咙读
热天赤膊赤背光溜溜
冷天咬牙裹紧单衣服
再穷再累心不苦
缺吃少穿也满足
走出小村要闯大世界
白发又回到了山沟沟
西北风拍窗冷飕飕
烧一铺热炕舒筋骨
有根有脉亲不够的故土
有爹有娘长不大的幸福
我剪不断的老街坊新邻居
我理还乱的八大姨七大姑

盼团圆

记得你离家那一天
我包饺子相思馅儿
夹起筷子连声劝
吃一个顺畅
再吃一个平安
日出日落我发祝愿
一早一晚你报平安
我一宿一宿数梦见
你一程一程算团圆
盼你回家那一天
我煮面条荷包蛋
端起碗来连声劝
吃一口幸福
再吃一口美满

分别总觉太漫长
相聚总嫌太短暂
因为尝过那分别苦
我们才更知相聚甜
雄鹰展翅飞多远
你的志向就有多远
青春在哪儿开花
人生就在哪儿绚烂

品茶（外一首）

相逢一杯茶，小壶煮天下。
莫道人情淡，春来就发芽。

七夕织女

寻遍天宇无知己，却见牛郎有魅力。
一怀痴心长相思，三生热恋我爱你。

千秋比干

说是遥远的从前
有位先人叫比干
说起他那动人的故事啊
一把泪水哟一声长叹

说他堂堂七尺汉
行走在人世间
下不愧黎民
上不负苍天

说他赫赫一品官
行走在朝堂间
忠心鉴日月
横眉对权奸

千秋比干啊　千秋比干
一朝朝说他哟　他就成了典范
千秋比干啊　千秋比干
一代代传颂他哟　他就成了神仙

前赴后继

将坚定的信念　理想
投入革命的熔炉　冶炼锻打
就是镌刻着镰刀　锤头
迎风猎猎作响的一面旗帜

将不懈的追求　奋斗
投入雪山草地　风餐露宿
就是高举旗帜　冲锋陷阵
百折不挠一次次地　前赴后继

琴棋书画（四首）

听琴

是谁怀抱一把琴

纤纤十指拨动了天地的神经

似仙似幻如泣如诉

我疲惫的心就睡在某一根琴弦上

梦着亲人和朋友

在这春江涌动的月夜

千年的流水穿过秦时明月汉时关

沿着线装的中国飞流而下

将我的灵魂淋个精湿

不辞千里万里

磨破鞋底儿我也要寻找知音

下棋

壁垒森严　草木皆兵

越是和平岁月　越爱寻找

一个假想的敌人　实际的对手

打一场面对面的战争

胆与胆拼搏　智与智较量

虽看不到硝烟

倒也机关密布　险象环生

有埋伏　有冲锋

面对棋盘上的战局

俨然两位军事家

147

杀急了也有短兵相接　刺刀见红

与打仗不同的是

没有胜败　只有输赢

习字

横撇竖捺　正草隶篆

研磨日光　饱蘸月影

给一个个方框字注入灵魂和血性

一杆挺直的竹　率领无数狼毫羊毫

迎风飞舞　潇潇洒洒

丈二的宣纸上有一条墨染的河

冲破大堤　时急时缓

溅起中华五千年文化底蕴

学画

工笔婉约　泼墨豪放

摊开一方纸便可陈兵百万

或冲锋　或卧倒

让杀声震天冲出千里之外

用一根根线条和灵感

织一张大网撒向旷野

捕捉飞禽走兽

即使大雪纷飞也可以

让凋零的情感百花盛开　姹紫嫣红

酷暑难耐时

墙上悬挂的一幅山水的意境里

有人正摇着蒲扇避暑纳凉

倾听

一条长长的电话线
拴住两只耳朵
你告诉我
你那里正在下雨
雨　淋淋漓漓
将千里之外的我打湿

我无话可说
心中正响起雷鸣
一部电话是你
一部电话是我
倾听心与心久久不歇的应答

电话挂上了
挂不上的是日里夜里的思念

清白家风

家财千百万　一天三顿饭

广厦千万间　夜眠三尺宽

人活一百岁呀　只有三万六千五百天

有吃有穿生活甜　不贪不占心里安

抱朴守拙无牵挂哟　不愧它呀大地与苍天

再平凡的人呀他也比山高

再迟缓的脚呀它也比路远

知足心常惬　无私天地宽

诗书继世长　忠厚传家远

家财不为子孙谋呀　从来豪门纨绔少伟男

清清白白最幸福　天伦之乐合家欢

儿孙自有儿孙福哟　不留它呀金山与银山

再平凡的人呀他也比山高

再迟缓的脚呀它也比路远

雁过留声人留名

清白家风代代永相传

清明时节（二首）

清明

每年都有一茬思念

淋着清明雨　淋着眼泪

旺旺地长出来

放飞到四面八方的风筝

不管路途多远

也要被一根长长的线牵回故乡

一位叫祖先的老人

从漫漫岁月里伸出一双热切的手

紧紧地　攥住了晚辈的孝心

隔着一丘黄土

前世接见今生

踏青

密谋策划了一个冬天

终于听到春雷的集结号

憋闷了这么长时间

快集合懒散的心情　集合灵感

一起列队出发

仿佛只是一夜之间

所有的树

不管属于哪个山头

全部揭竿而起

遍地的野草也挥动绿旗
呼啦啦蜂拥而至
牵着云彩撒欢儿
搂着春风打滚儿

有人却坐在一条解冻的河边
与一块十八岁的石头谈情说爱
将这块躁动的石头
谈得面红耳赤　春心荡漾

情侣

周末是一件休闲装
尺寸要宽松
像电视连续剧长一些
最好跑到郊外
你和我抱住同一棵树
成为树的两只袖子
让河里流淌的爱情
猫一样进入袖筒儿
小爪子挠得心痒痒

人间大路长

报不尽的养育恩最重

扯不断的儿女情最长

为了父母儿女

欢度好时光

家家都幸福

人人有盼望

让初心激越胸膛

把使命放在肩上

生不改志向

死不弯脊梁

莫道今生短

人间大路长

"人民作家"
——缅怀巴金先生

百年激情《雾》《雨》《电》，
一《家》《春》《秋》归《憩园》。
闲时爱读《随想录》，
常使灵魂起波澜。

都说文心清似水，
更有诗胆大如天。
为文为人绍法谁？
"人民作家"可师范。

人生伴侣

你的每一缕愁绪
都在我心里
你的每一点欢喜
都在我梦里
我能听到你的心跳
我能感觉你的呼吸

你是我头顶的天
你是我脚下的地
你是我的明月
你是我的晨曦
你是我的知心爱人
你是我的人生伴侣

天离不开地哟
我也离不开你
明月忘不了晨曦哟
我也忘不了你
我想你念你牵挂你
我爱你疼你拥抱你

人生如棋

人生一盘棋　对手我和你

你摆你的阵　我布我的局

你设包围圈　我扎根据地

虽无刀光剑影　却也硝烟四起

人生一盘棋　朋友我和你

你出你的兵　我用我的计

你吃我一颗子　我断你一口气

不求战无不胜　也要誓争第一

人生如棋　人生如棋

人生如棋不是棋

拼的是胆识搏的是格局

人生如棋不是棋

比的是输赢赛的是友谊

人生如棋不是棋

对弈不过是娱乐

人生它可不是游戏

人生四季青
——写在花甲之年

煮酒烹茶

点豆种瓜

人生四季青

三餐诗书画

梅开二度春

花甲笑十八

神元气足眼不花

冲冠白毛变黑发

永远在路上

长啸一声开跋

纵情山水

五湖四海是家

梦挂海角

月卧天涯

人心是咱高举的旗

吃的是百姓的饭

穿的是百姓的衣

你本从百姓中来

你爱到百姓中去

啊　忧为百姓忧

啊　喜为百姓喜

舍生忘死为百姓

百姓铁心跟着你

鞠躬尽瘁为百姓

百姓永远爱着你

人心是咱高举的旗

民意是咱大厦的基

百姓是头上的天

百姓是脚下的地

你和百姓同甘苦

百姓和你心相依

啊　人民就是江山

啊　平凡铸就传奇

风刀剑影头不低

披荆斩棘志不移

驱散阴霾迎日出

开怀笑在春光里

人心是咱高举的旗

民意是咱大厦的基

人在旅途（十首）

险途

盘山路弯弯曲曲

若一盘磁带正播放人生进行曲

飞驰的车轮

碾过半空拦路的星斗

两眼眩晕　神经绷紧

左手提一颗怦怦的心

右手提一颗快破的胆

载一车大呼小叫在悬崖峭壁间战战兢兢

吓得涧下那条大河惊慌失措

翻一溜儿跟斗夺路而逃

为了心中美景千里迢迢

不惜将身家性命押给了险途

翻越

日头从我眼皮儿底下醒来

冉冉升起　昨夜我睡在天边

有风溜出林间深闺

披一片云摸黑钻进我的被窝儿

如火如荼　似要掠夺一个流浪者的爱情

哪敢放纵　哪敢贪欢

我早看过地图

还有九九八十一条大河　九九八十一座高山
等待我这一生去跋涉　去翻越

日子

一群匆匆的日子被汽笛追赶

马不停蹄　昼夜兼程

似还嫌太慢　有人在两只脚上装了轱辘

并不时给瘪了的斗志打一打气

挣大把大把功名

赚白花花的利润

为此年轻力壮的太阳累垮了

倚着苍茫的远山气喘吁吁

丰满的月亮

也憔悴成了瘦瘦一钩而且面色青灰

票根

岁月是一辆长途车

每一天都是一个车站　又一个车站

车到一站有人上来了　也有人下去

车轮不会停止　更不会掉头

因此下车的人　就再也没有上来

人们想念他的时候

常常不由自主望一望他曾坐过的位子

只有票根记录了

一个人的艰辛旅程

季节

丰满的秋天

被弯成镰刀的手放倒了脱掉绿装

一个捆儿　一个捆儿苗条着腰肢

赤裸裸躺在母亲怀里

打个哈欠　睡一觉

只等来年春雷的一声吆喝

梦和种子就会同时站立起来

并由此证明秋天的躺倒

只是小憩而不是长眠

风景

水缠着山　山抱着水

相亲相爱　相偎相依

山是水的风骨　水是山的灵气

水因山妩媚　山因水神奇

水为山唱缠绵的情歌

山为水缝美丽的嫁衣

山水是人心中的风景

人生绮丽山水才绮丽

传播

无边无际的大漠

无边无际的焦渴

如果只有一口水

我先要把爱情喂活

人类失去了爱情

心灵就真的只有干涸

为此我愿做一匹孤独的骆驼

去不懈追逐日出日落

生生不息　代代传播

联络

昨夜　槐花飘香

我梦见一本诗集

还有诗集里夹着的传说

这个传说

还像五四青年节　挂满露水

还像一九八〇年那样羞涩　脉脉含情

为我传递二十年前的秋波

等我醒来看到一群蜜蜂

正在花丛间飞舞忙活

可是而今的风与雨　苦与乐

已与二十年前

彻底失去了联络

钥匙

不要幻想配一把钥匙

就可以打开所有的锁

虽经DNA检测

全世界的锁都出自一个家庭

模样秉性　酷似兄弟姐妹

有门就有锁

一把锁只给一把钥匙

各有各的秘密

各有各的逻辑

一把锁管一扇门

一扇门关一世界

尽管充满好奇

也不必一个　一个门打开了欣赏

幸福

因为友好而友好

因为欢娱而欢娱

天空下雨

也无法改变我心中的蔚蓝

刮风了正好扫去荫翳

我无法管住别人的嘴巴

但我可以将所有的流言蜚语

谱成一首歌曲

我无法管住伸过来的腿脚

但我可以将所有的绊子　阻拦

设想成一个体育项目　跨栏百米

幸福是我自己的事

谁也无法不让我享受幸福

改变我的情绪

为了民主自由

我还是暂不聘一个上帝

来管理自己

人祖树

伏羲氏为华夏始祖，在河北省新乐市筑有纪念始祖的
伏羲台。伏羲台前生有一树，极奇异，片片叶子不同，有
五十六种形状，但大轮廓却均呈心形，暗合中国五十六个民
族。倘从树上摘下一片叶子，枝和叶会淌下滴滴乳白色液
体。此奇树，当地称人祖树。

顶天立地　枝繁叶茂

人祖树深深根植于厚土

片片叶子　簇拥高大的树干

虽姿态各异　却一律长成了心形

不多不少　整整五十六片

那是五十六颗　热辣辣的心

狂风袭过来　叶子抱成团

暴雨打过来　他们咬紧牙

可千万千万不要将叶子摘下来

那将是生离死别

一滴一滴　全是伤痛的泪水

都云十指揪着心

可谁知　片片树叶连着根

日子

抽出一支烟
日子便点着了

是香甜　还是苦涩
一口一口品味吧

日子好了也节俭

热乎乎的手擀面
香喷喷的大米饭
美味佳肴饱了咱的胃
酸甜苦辣醉了咱舌尖
一把把麦穗一把把风和雨
一捧捧米粒一捧捧血和汗
没有顶烈日汗滴禾下土
哪有宴席上把酒尽开颜

一日三餐早中晚
开门离不开柴米盐
人他是铁哟饭它是钢
吃饱喝足咱力大可擎天
捧起这一碗碗日出日落
嚼着这一盘盘月缺月圆
没有千万人的苦和累
哪有咱口中的香和甜

吃不完的饭菜都打包
回家热热它又是一餐
盘光碗净这是美德
日子好了咱也不忘节俭

如果爱

如果真的爱　你就别等待

藏在心里的话　大声说出来

如果真的爱　你就要痛快

张开你双臂　把我揽入怀

如果真的爱　你就别徘徊

抓紧我的手　永远不放开

如果真的爱　你就快快快

如果真的爱　你就来来来

你是我的梁山伯哟　我就是你的祝英台

你给我一生情哟　我就还你一世爱

你是我的今天哟　我就是你的未来

你温暖我一生的阳春哟

我就绚烂你一世的花海

塞罕坝之恋

都知道咱俩心里头有

不信就问问满山的大石头

都知道咱俩心里头有

不信就问问塞罕坝的春和秋

我爱你哟　爱不够

地窨子半夜听风吼

我爱你哟　爱不够

爬冰卧雪哟　咱俩手牵手

都知道咱俩爱不够

不信就数数满天的小星斗

都知道咱俩爱不够

不信就数数塞罕坝的岭和沟

我爱你哟　爱不够

满山花开妹娇柔

我爱你哟　爱不够

一顶花轿哟　妹妹跟哥走

三生不了情

一夜细雨　亲吻梦境
两只黄鹂　叫醒黎明
冬去春来　雨过天晴
丢掉烦恼　满身轻松
让我带你去踏青
带你去看海阔天空

约一程春风　留一路笑声
听山泉弹琴　看满天风筝
别说人海茫茫
别说岁月匆匆
快抓住那瞬间的心动
别错过走上门的爱情

遇上了　就倍加珍重
抓住了　就绝不放松
啊　满怀的知心话
啊　三生它不了情

三月　我们擂鼓出征

三月　高山雪融
三月　大河解冻
尽管乍暖还寒
三月　我们擂鼓出征

三月　长空雁叫
三月　田野返青
开门走出禁锢
三月　我们擂鼓出征

三月　脱去冬装
三月　脚步轻盈
不负大好春光
三月　我们擂鼓出征

三月　广场红旗飘飘
三月　长街灯火通明
举国关注首都
三月　我们擂鼓出征

三月　共商国是
三月　参政议政
春潮涌出会堂
三月　我们擂鼓出征

三月　意气风发
三月　满怀豪情
期待发令起跑
三月　我们擂鼓出征

三月　播种希望
三月　放飞憧憬
跨越雄关险隘
三月　我们擂鼓出征

三月　千帆竞发
三月　万马奔腾
奋进小康路上
三月　我们擂鼓出征

山村的月亮

山村的月亮很圆很圆

月光如诗说着我最大的期盼

房前是我的小河

房后是我的大山

披星戴月啊每日每天

我在河里撒网

我在山上流汗

我见白云亲切

白云见我缠绵

夜晚想家的时候

月亮拂窗　陪我做伴

山村的月亮很圆很圆

月光如歌唱着我一生的眷恋

和乡亲们一起下河

和乡亲们一起上山

顶风冒雨啊每日每天

我在河里放飞梦想

我在山上种植心愿

我给乡亲一分热

乡亲给我一分暖

我愿多吃十番苦

留给乡亲十番甜

小康梦圆的时候

月亮含笑　向我祝愿

山水恋歌

重重一跺脚　狠狠一用劲
使出积聚了一生的胆气　豪迈
奋不顾身　舍命一跳
只这一个动作　一个瞬间
就给来到九寨沟诺日朗的人
留下几多震撼　无限壮美
连最怯懦的人也
冲着大山野野地吼得那么阳刚
一曲山水恋歌
爱得地动天翻

山雨欲来

一座城市无动于衷
城市里的人也都无动于衷
只有已得到消息的阳光
撕开厚厚的云层
拨开树冠
用红红的小拳头
捶击大地的胸脯
还有树梢上的风也在
向楼上开着的窗
路上奔跑的车
以及出海的船
拼命打着手语

该来临的终会来临
关键在于
有没有做好准备

陕北延安

被风沙追到了秦地的边缘

陕北延安躲在山沟沟里

胡宗南的几十万军队血红的眼睛

瞪成了血腥的枪口和炮口

天上地下追剿延安

延安无所畏惧

她是窑洞里走出的母亲

从从容容煮了一锅小米饭

还用两只粗糙的大手

捧出红枣和核桃

细心喂养着

爬过草地　翻过雪山

一路跋涉了二万五千里

正勒紧裤腰带的中国革命

不久在母亲注视的目光里

中国革命又打起绑腿出发了

先到了河北西柏坡　再进北京城

就有一些人走进了天安门广场上

那座高高的纪念碑　成为英雄

每当天安门礼花盛开的时候

纪念碑总是翘望　千里之外的陕北延安

韶山

一个伟大的母亲默默聚集力量
终于攒足了劲
将一八九三年十二月二十六日
分娩成一首千古绝句
三湘为之惊叹
中国为之惊叹

后来　这位母亲的儿子
率领一支头戴红五星的队伍
改写了两千多年线装竖版的历史
韶山并不高
却让中华民族在国际上有了海拔
慕名前来的人
无不对她充满了敬仰

少年夫妻老来伴儿

风雨酒里酿　沧桑心中藏

少年夫妻老来伴儿

手牵手还像当年刚拜堂

你给我拥抱　我给你臂膀

有歌只想对你唱

有泪只想对你淌

年轻有年轻的潇洒

年老有年老的时尚

你爱你的白富美

我爱我的俏夕阳

陈年老酒香　岁久情更长

少年夫妻老来伴儿

心贴心一路搀扶向远方

你是我的织女　我是你的牛郎

有苦只想对你诉

有乐只想对你讲

年轻有年轻的浪漫

年老有年老的梦想

你爱你的高富帅

我爱我的福满堂

圣地遵义

一支穿草鞋的队伍

走到一个十字路口

犹豫不决

遵义挺身而出

站成了会议室

迎接中国革命

赶快进门儿

小小的会议桌

四周的目光

全都聚向了毛泽东

这个爱吃辣椒的军事家

打开一张地图

九百六十万平方公里

就摊放于他的膝上

圈圈点点　勾勾画画

蒋介石几十万军队围追堵截

怎能擒住　毛泽东飞扬的灵感

用一根红蓝铅笔

毛泽东率领中国革命

翻过雪山　走出草地

正是遵义会议

受伤的红五星蘸着血

写下两个字——转折

诗和远方

好甜的空气哟　我想多吸几口
漫长的道路哟　我想多走一走
诗是壮行的酒　远方它在前头
我想叫上春风去踏青
我想唱着秋歌去旅游
逛逛亭台楼榭寻神奇
转转名胜古迹听典故
踏遍三山五岳皆风景
访过五湖四海交朋友

好美的世界哟　我想多瞅一瞅
广阔的天地哟　我想多走一走
诗是醉人的酒　远方它无尽头
我想唤来青春玩浪漫
我想蘸着梦想写春秋
看看天南地北一幅画
走走山高水长不停步
踏遍三山五岳人未老
访过五湖四海再聚首

逝者如斯夫（二首）

走进博物馆

生活像疾驰在轻轨上

比高铁跑得还快

欲望像登上脚手架

比楼房蹿得还高

就连茶杯口焦急腾起的热气

也很难追忆旧时茶肆里

幽幽袅娜出

那样古朴的悠然和安闲

为了寻一份清静

让心渐渐深沉

哈欠不经意间

打出一个不阴不晴的周末

倒背了手　踱着步

走进城市边缘的博物馆

一会儿端坐如一尊青铜

一会儿懒卧如一片瓦当

寂寞成为发黄的往事

让来来往往的人群

用踢踏的脚步声

敲打着　平平仄仄的心绪

临《兰亭集序》

摊开这篇序文

顺着流觞曲水　我努力

寻找永和九年的那一片茂林修竹

也是在农历三月初三

研墨　铺纸　挥毫

一招一式都在摹写一个人

甚至他的一撇低吟

甚至他的一捺长叹

直到费了一池子墨

才慢慢明白

不是借来竖版的长衫一穿

我们就可以　一步走进东晋

去当一回　如碑如帖的书圣

书写在党的旗帜上（二首）

孔繁森

戴礼帽　高个子的孔繁森

向高原走去

山石　荆棘

白发老母和妻拉长的目光

都没有将他绊倒

心系阿里

走到哪儿背到哪儿的小药箱

装着百姓的疾苦　风声和雨声

一步步攀登　人格巍峨

成为人们心中的丰碑

都说青藏高原高

再高也在孔繁森的脚下

孔繁森摘下礼帽

他的头就是喜马拉雅的海拔

李润五

锻打着　那镰刀和锤头的

一块铁　一块钢

因而很硬

拔掉输氧管　就去参加会议

把生命的最后一次搏动

交给了会呼吸的党旗

183

只因心灵没有受潮
钢铸铁打的李市长
才没有被侵蚀生锈
用心叩一叩李润五
天地间　铮铮作响

第四辑

山高水长

送福

青山笑呵呵　　绿水唱起了歌

清早起来福临门　　天地真辽阔

你换了大房子　　我买了新轿车

你家娶媳妇　　我家办满月

你抓住商机生意好

我科学种田赚得多

你火我火家家红火　　今乐明乐天天快乐

喜鹊登枝　　幸福甜醉你和我

捷报频传　　神州处处有欢歌

清风荡乾坤　　春意满山河

祝福你呀祝福我　　祝福我们的大中国

祝福你呀祝福我　　祝福我们的好生活

送福啦送福啦　　接福喽接福喽

福如东海　　洪福齐天

送福啦送福啦　　接福喽接福喽

送情哥

走出小村口　转过古桥头

望着前方的路　还是不想让你走

一会手牵手　一会搂一搂

叫声哥哥哟　两眼热泪流

不怕你走得远　别把妹妹忘脑后

若是看到天下雨那是妹在流泪珠

若是看到雪花飘那是妹在写情书

劝回众亲友　惜别村边柳

望着远方的路　还是不忍让你走

一会撒个娇　一会亲一口

句句话入心　只因出肺腑

两行热泪流　那是到了动情处

待你回家时妹把思念斟成团圆酒

偎在你怀里妹把爱恋对你细细诉

踏上这条路

是谁驱散了迷雾

是谁唤醒了日出

是谁拨正了航程

是谁开辟了通途

踏上这条路　任凭它狂风吼

踏上这条路　何惧它暴雨骤

踏上这条路　披荆斩棘写春秋

踏上这条路　万水千山披锦绣

踏上这条路　雄关漫道再从头

是谁下海敢弄潮

是谁上山敢打虎

是谁摸着石头过河

是谁冲破禁区开路

踏上这条路　大步咱向前走

踏上这条路　再难咱不回头

踏上这条路　万里长征不停步

踏上这条路　龙腾盛世主沉浮

踏上这条路　神州十亿尽风流

天地就是洞房

居家打持久战　伏击疫魔

今惊蛰　趁曙色只身毅然出门

忽见路旁迎春花　兴奋成了小姑娘

情窦初开三五枝　羞羞地招呼我：

摘了口罩　给你一个拥抱

无须张扬　简化了东风浩荡

只几点金黄　三两句主张

虽低调出场　却惊艳漫山遍野涓涓欢唱

青春圆舞曲　命运交响

该来的终究会来　势不可挡

北归燕子怯问

数九寒冬　如何度过凄惶

但见正气浩然　仰天不弯脊梁

回味多少熬煎夜　痛饮雪暴风狂

而今唤起　一怀苦恋　满心滚烫

无数爱揭竿而起

一队队花红柳绿

一阵阵莺歌燕舞

正大踏步收拾山河

复活这万里春光

掀开云的盖头　天地就是洞房

天河

曾见过千条河万条河

还从未见过这样一条河

它从悬崖峭壁流过

水中流着白云朵朵

这就是红旗渠　英雄渠

心中的天河　心中的赞歌

志立过　酒干过

汗洒过　血淌过

中华儿女大气魄

甩开膀子吼一声

甘泉流进心窝窝

都说人往高处走

登上九天摘日月

太行为你喝彩

漳河为你欢歌

曾听过千支歌万支歌

还从未听过这样一支歌

它从唐宋明清唱过

歌里唱出多少苦乐

这就是红旗渠　英雄渠

心中的天河　心中的赞歌

志立过　酒干过

汗洒过　血淌过

中华儿女大气魄

扯下银河从天落

万里群山不寂寞

都说水往低处流

浇灌人间好生活

神州为你点赞

时代为你高歌

天天好心情

你刚刚加了薪　我成了小白领
你参军戴上大红花　我高分考上研究生
开开心心　高高兴兴
眼里有尘望不远　心头无事一身轻
锅碗瓢勺交响乐　春夏秋冬放歌声

你住上大别墅　我新车兜兜风
你举杯喝出哥俩好　我交心结下姐妹情
红红火火　热热腾腾
是你的它跑不了　不是你的别硬争
酸甜苦辣品生活　风雨雷电赏风景
老也好心情　少也好心情
大家好心情　天天好心情

天天在路上

东方欲晓鸡没叫　起个大早

初心怦怦跳　青春路上跑

轻狂年少　八十尚小

虚岁二百五　空生两鬓白毛

办事仍不牢靠

何时长大成人　扪心自问三遭

咬牙复跺脚

天不知道　地不知道

二两清风吃饱　一床鼾雷睡好

天天在路上

脚步铿锵　吾心逍遥

田野深呼吸（四首）

爬山

把生活中的坎坎坷坷　搬到周末

从白云缭绕处　细细甩下

一条九曲羊肠小路

让我们的双脚　学习翻越

流大滴大滴的汗　注释攀登

脱下鞋　将硌脚的烦恼都倒出来

然后　紧一紧鞋带

谁都有追求　谁都有愿望

山那面　有一座庙

等待　我们去做神仙

野炊

捉一两片雀影　逮三五句蛙声

在黄昏摊开一席湖光山色

打开一瓶瓶　陈酿的心事

让情绪　一律浪漫成或白或干红

或冒着泡泡的　液体的豪爽

满怀清风　畅饮大碗星斗

最是微醺佳境

挥令山中树　列队两旁稍息

休要拦我道路

观钓鱼

捏一点诱惑　一点小利

香喷喷　包裹起铁质的锋利

钩状的杀机　抛向芸芸众生

池塘泛起涟漪

看似大大咧咧　毫不在意

钓者一颗闲心

丈量水深　测试贪欲

不幸的是　总有一批批鱼

不能自律　去撞运气

为此付出代价　并且

仍在前仆后继

挖野菜

为了不让一寸土地　赤身裸体

我们裁剪沥青　缝补水泥

文明的城市　非常要面子

却有一些　老家在乡下的人

总改不了土气

他们在阳台上　栽植春天

在花盆里　培育花季

甚至　不辞上百里来到郊区

他们只为在田野打个滚儿　在河里捞条鱼

特别是到了三月

他们从水泥破洞的地方

沥青开线的缝隙

捡拾童趣　挖一篮子乡土气息

铁血精魂

扯一块"王道乐土""大东亚共荣圈"的裤子片

招摇成惑人的旗子

却包藏着法西斯的一颗野心

打开来就是一把锋利的东洋刀

给多灾多难的中国

给九州大同的梦

"唰唰"剃头　实行"三光"

然后在九百六十万平方公里的黄皮肤上

在屹立东方的雄鸡头上　胳膊上腿上

东一刀西一刀　疯狂宰割　零售

屈辱的九一八是一道

长长的泪流　长长的伤口

泪流血流染透了松花江　大豆高粱

拖着哭腔　到处流浪

最终淹了北平　淹了上海

淹了国民政府的首府

南京城血流成河

三十万人制造了一次"血崩"

逃出故宫的清王朝

还拖着两千年的长辫子

溥仪仍在做帝王梦

在日本人导演的木偶戏里登基

被抽走了脊梁的中华民国副总裁
心怀鬼胎　分娩了一支爬行的伪军
引狼入室　助纣为虐
是他们的经典战术　拿手好戏

西安临潼的兵马俑　在这一夜失眠了
休整了几个世纪的中国军人
披挂列队摩拳擦掌　只等一声令下
上阵出征抗倭卫国
睡在大唐的边塞诗　也在一个早晨
被高适岑参王昌龄
捶胸顿足　撕心扯肺　唤醒摇醒
文天祥从零丁洋里挺身而出
将自己的生命提炼成　一世骨气
要给骨质疏松的"青天白日旗"
补一补钙　扶一扶志
岳飞本就是一位退役的将军
国难当头　民族最危险的时刻
他用热血酿造了一壶《满江红》
要沸腾　中国军人的血性
母亲在他后背刺刻"尽忠报国"
得皇帝嘉奖　获"精忠岳飞"旌旗
率领爱国主义　英雄主义
冲锋陷阵　前赴后继

风雨如磐的暗夜
是延安窑洞的那盏油灯

点亮了一位政治家的灵感远见

他挥动一杆毛笔引领中国的命运

斩关夺隘　克敌制胜

不断在"亡国""速胜"

各种奇谈怪论中校正准星

八路军新四军义勇军抗日联军

大刀队游击队雁翎队

用八年的枪声炮声

高声朗读一部不屈不挠

血战到底的《持久战》

四万万炎黄子孙　快快集合起来

列队就是铜墙铁壁

出发就是黄河长江

跟上张骞出使西域的马队

跃上成吉思汗纵横驰骋的铁骑

追回一个民族渐逝的尊严荣光

巍巍太行重又昂起了头

万里长城重又挺直了腰

匍匐在五千年里的"四大发明""二十四史"

再度扬眉吐气　更加振奋精神

托起希望

再大的雨也无法

打湿梦　打湿飞翔的翅膀

暗夜终不会比白昼长

相信吧　明天的荷塘里

定有　一只美丽的蜻蜓

为苦苦期待的眼睛

驮来一缕霞光　一个希望

望见胡杨

醒了　一站就是三千年

睡了　一梦又是三千年

大漠迎日出　戈壁送夕阳

苦辣酸甜写进年轮

喜怒哀乐说着沧桑

你呀　扎根在一隅

你呀　大爱撒四方

春来绿如海　秋到荡金黄

狂沙漫漫你挺胸膛

暴雪滚滚你放声唱

你呀　英雄立百代

你呀　豪情千万丈

活着　千年不死

死了　千年不倒

倒了　千年不朽

站着　是风白天诵读的警句

躺着　是雨夜里默念的鼓点

为你争光

小树它往高长
离不开雨露阳光
雄鹰它迎风浪
离不开过硬的翅膀
是你给了我雨露阳光
是你给了我过硬的翅膀

加入你的队伍
我才长成了栋梁
跟着你的脚步
我才有了方向
你是我的母亲
默默给我力量
我是你的赤子
用出彩的人生为你争光

我读你

我读你　你用眼神表达
我读你　你用歌声倾诉
你是我沉醉的一个故事
你是我迷恋的一个人物

我读你　读出一部精彩
我读你　读出满卷气度
你是我惊叹的半生传奇
你是我难忘的一世典故

我读你　日出到日暮
我读你　从春读到秋
初读一首蝶恋花
再读一曲听梁祝

我读你　日月为你阴阴晴晴
我读你　心思随你甜甜苦苦
你是我读不尽的百科全书
你是我爱不够的世界名著

我爱你　黄土地

中华民族的根在这里
延安精神的魂在这里
母亲河从高原流过
一条巨龙腾空而起
我爱你　我日思夜想的黄土地
我爱你　我魂牵梦萦的黄土地

不管我走到哪里
总是想起那浑厚的土地
一碗酸菜令我至今回味
小米饭强壮了我的身体
顶烈日半山腰改天换地
风雨夜土炕上迎来晨曦

不管我身在哪里
总是怀念那神奇的土地
窑洞灯光照我一路前行
白羊肚手巾揩额头汗滴
晚霞里延河水洗去疲惫
月光下宝塔山给我勇气

我是黄土地的儿子
我火热的青春献给了你
我是黄土地的儿子

我全部的挚爱献给了你
你是共产党的血脉
你是共和国的根基

中华民族的根在这里
延安精神的魂在这里
你是共产党的血脉
你是共和国的根基
曾经你开荒养育了中国革命
而今你正把中国梦奋力托起
我爱你　我日思夜想的黄土地
我爱你　我魂牵梦萦的黄土地

我爱你

山呼我爱你　水唤我爱你
山呼水唤哟　我爱你　我爱你
飞过千重山　飞过万条水
哥的爱情鸟　飞进妹心里
哥哥哎　亲爱的
地老天荒哟　紧紧追随你
穷在一起　富在一起
贫穷富有哟　永不分离

风说我爱你　雨唱我爱你
风说雨唱哟　我爱你　我爱你
飞过千次风　飞过万遍雨
哥的爱情鸟　飞进妹心里
哥哥哎　亲爱的
海枯石烂哟　紧紧拥抱你
苦在一起　乐在一起
苦辣酸甜哟　生死相依

我爱这芬芳和美丽

芬芳着花的芬芳　美丽着你的美丽

走近了这花海　我就走近了你

爱上了这花海　我就爱上了你

我爱这漫山遍野的芬芳

我爱这铺天盖地的美丽

快到香河看花海

醉入花海觅知己

花如海　香四溢

花芬芳了我的日月

你美丽了我的四季

芬芳着你的芬芳　美丽着花的美丽

离开了这花海　我却离不开你

爱上了这花海　我就爱上了你

我爱这铺天盖地的芬芳

我爱这漫山遍野的美丽

快到香河看花海

醉入花海觅知己

歌如潮　笑尚蜜

花美丽了我的人生

你芬芳了我的记忆

我从高原来

我从高原来　花开随手采
我从高原来　打马跑得快
我从高原来　天性最豪迈
我从高原来　胸怀大如海
我从高原来　凡事看得开
我从高原来　不喜捧和抬

我从高原来　心明识好歹
我从高原来　眼亮知黑白
我从高原来　日晒能补钙
我从高原来　缺氧精神在
我从高原来　三江涌血脉
我从高原来　珠峰显风采

我的爱是一团炽热的火

心在熊熊燃烧

我的爱是一团炽热的火

因为爱你　所以责你

爱你责你　归根结底还是爱你

心在熊熊燃烧

我的爱是一团炽热的火

我的这团火　也许太旺太大

有时会烧到你　烧痛你

但是我惊喜地看到

你坐不住了　你奔跑起来了

心在熊熊燃烧

我的爱是一团炽热的火

这团火紧跟你的脚步

你奔跑的双脚　就踩在这团火上

这团火在为你呐喊　为你加油

给你激励　给你力量

心在熊熊燃烧

我的爱是一团炽热的火

只要你在奔跑

这团用心点燃的火

就永远不会熄灭

它像一盏长明灯

永远照亮你前进的道路

我的冬奥

长城翘首望　　燕赵敞怀抱

啊二〇二二年　我的冬奥　我的冬奥

风在地上跑　　雪在空中飘

健儿竞风流　　豪情冲云霄

登台捧金杯　我的冬奥

奏乐升国旗　我的冬奥

我为你鼓掌　我的冬奥

我为你加油　我的冬奥

笑迎八方客　　旗展康庄道

啊二〇二二年　我的冬奥　我的冬奥

汗在脸上流　　火在胸中烧

上场是对手　　赛后成故交

我的五洲亲　我的冬奥

我的四海情　我的冬奥

我为你欢呼　我的冬奥

我为你喝彩　我的冬奥

我的黑土地

总恋那一春开河鱼它叫黑龙江
总爱那一世好心情它叫鹤故乡
总迷不够那一台大戏是二人转
总梦不醒那一怀青春是北大荒
迎风起舞黑土地大姑娘浪浪地美
见义勇为黑土地小伙子杠杠地棒
三九严寒雪拍窗　一壶老酒热心肠
黑油油的黑土地哟　插根筷子它也长

亲一口黑土地哟叫一声我的娘
梦一回黑土地哟我两眼泪汪汪
凝望神州中华就站成雄鸡的形象
黑土地那旮旯昂头啼晓天就大亮
追星赶月黑土地俏媳妇哐哐地忙
赴汤蹈火黑土地硬汉子当当地响
为人处世最敞亮　侠肝义胆最豪爽
白山黑水最雄健哟　虎啸龙吟最狂放

我的老家

朝迎日头出　晚看夕阳下

白云生处　快乐人家

我的老家　青砖黑瓦

日夜奔涌的珍珠泉

讲述着我儿时的童话

我的老家　长城脚下

前院就是八达岭

后院连着龙庆峡

噢老家老家　我的老家

不管我走到哪儿

我都是你不变的娃

春播乡土诗　秋收山水画

康庄永宁　幸福人家

我的老家　绿树红花

经风见雨的大榆树

喜鹊飞来心里乐开花

我的老家　海陀山下

玉皇顶上采蘑菇

官厅湖上捞鱼虾

噢老家老家　我的老家

不管我走到哪儿

你都是我永远的牵挂

我的母亲　我的中国

走近黄河　我听到你的脉搏
拥抱长城　我看到你的气魄
五十六个民族手拉手　家家都红火
十四亿儿女心贴心　人人都快乐

喊一声母亲　我喊出一腔炽热
喊一声中国　我喊出一心磅礴
也许我很普通　奋进路上敢开拓
也许我很平凡　危难关头敢拼搏

有一分色我就为你增一分色
有一分热我就为你发一分热
啊　我的母亲我的中国
啊　我的母亲我的中国

我的拓荒牛

煮酒煎茶
品着咂着风吹雨打
用赋比兴
反刍酸甜苦辣
日头总在
鸡没叫时醒来
喷薄满天朝霞

一望无际的田野
我的拓荒牛
深耕春秋冬夏
正奋力开垦
遍地人间神话
血汗一把
收获一茬
别问家在哪里
目标永远在前方
一程出发
接着一程出发

草咱自己嚼
福都给了天下

我的问候

不见面　不代表不想念
不握手　不代表不亲热
不碰杯　不代表不热烈

即使在家里
我的心照样可以出门
我认识口罩后面藏着的每一个人

只有阳光知道　我积攒了多少爱
我用一个又一个日出　轻轻敲门
向世界问候

路再远也在身后
山再高也在脚底

我的幸福树

在我书桌边有一棵小树
它有个美丽的名字叫幸福
不知道因为什么缘故
这棵树突然有半边彻底干枯
幸福树　我的幸福树
它这边绿油油那边光秃秃
它这边像是笑那边像是哭
它这边很孤独那边在求助

直到有一天你走进我小屋
悄然带来了阳光和雨露
我书桌边的这棵幸福树
生命开始返青梦也渐渐复苏
发芽了　长叶了
幸福树　我的幸福树
它在携手并肩互搀扶
幸福树　我的幸福树
它在一唱一和表爱慕
幸福树　我的幸福树
只要世上有了阳光和雨露
我的幸福树就永远不会干枯
只要人间有了真情和真爱
我们就永远都不会失去幸福

我的阵地

忠诚站在这里　　爱飘扬在这里

一座岛一面旗　　一杆钢枪一个阵地

每轮日出都伴着国旗升起

每次脉搏都激荡国歌的旋律

惊涛骇浪头不低

狂风暴雨志不移

忠诚站在这里　　爱飘扬在这里

一生情一面旗　　一世担当一个阵地

每次巡逻都是初心的接力

每个脚步都是使命的延续

苦辣酸甜一杯酒

春夏秋冬歌一曲

啊　我的阵地

啊　我的阵地

我的祖国我的爱

我一生下来　你就把我紧紧搂进怀

叫一声母亲啊　喊出我满腔的爱

我长大了　你就对我充满深切的期待

叫一声母亲啊　我爱你永心不改

你有多少辉煌　多少精彩

我都记在了脑海

你受过多少苦难　咽下多少悲哀

我心里最明白

啊　我的祖国我的爱

啊　我的母亲我的爱

九百六十万山河　祖国你气势多豪迈

五千岁高龄　母亲你洪福如东海

你拉着我的手　站起来跑起来

我紧紧跟着你　富起来强起来

迎着朝阳跑进新时代

中国道路奔跑着中国气派

高山啊　高山给我们加油

大河啊　大河为我们喝彩

啊　我的祖国我的爱

啊　我的母亲我的爱

我和命运交朋友

人生它路难走　风雨它时常有
莫怪老天心太偏　听春雷为我喊加油
金猴它会上树　老虎它满山走
是鸟你就空中飞　是鱼你就河里游
命运和我做对头　我和命运交朋友
命运和我闹别扭　我和命运握握手

贫它有贫的乐　富它有富的愁
莫怨世道不公平　看春光为我铺锦绣
城里你爱席梦思　乡下我恋热炕头
踏平险阻一四七　阳关路上三六九
命运和我做对头　我和命运交朋友
命运和我闹别扭　我和命运握握手

我家并不大

我家并不大　　却像一幅画
我家并不大　　人人都爱她
开窗望望八达岭　　出门逛逛龙庆峡
夏享清凉精神爽　　冬赏冰灯梦开花

我家并不大　　装得全天下
我家并不大　　到哪儿都想她
一怀热诚迎五洲　　三杯情义传佳话
园艺世博春烂漫　　激情冬奥有神话

我叫袁隆平

是谁用挽着裤腿儿的一生
两脚泥泞　　步履匆匆
把大片大片稻田走得阡陌纵横
是谁让千家万户捧在心中
一粒一粒嚼着念着
锅里碗里的稠稀阴晴

仰望满天璀璨的夜空
多少泪眼在寻找
一颗编号8117的星星
有人称你"当代神农"
你说　　我叫袁隆平
正是你牛一样埋头耕种
才长出这热腾腾的光景
一日三餐养活黎民苍生
吃饱了春夏秋冬

我是多么爱你

我是多么多么爱你

我背诵你的一言一行　你的精彩和神奇

我是多么多么爱你

我默写你的一颦一笑　你的忧郁和欢喜

我是多么多么爱你

我透支了白发青丝　我所有的深情和厚谊

我是多么爱你哟　我是多么多么爱你

我是多么多么爱你

我游目你的春光秋雨　你的蓝天和大地

我是多么多么爱你

我骋怀你的诗情画意　你的芬芳和美丽

我是多么多么爱你

我用尽了燕去燕回　我全部的痴心和才气

我是多么爱你哟　我是多么多么爱你

我想唱歌

如果你问我　为何想唱歌
那我告诉你　好事它太多
说也说不尽的红火　梦也梦不到的辽阔
踏遍青山赏美景　弹奏绿水我想唱歌
我唱我春种一棵苗　我唱我秋收万树果
我唱人人加油干　我唱咱个个都是奋斗者

如果你问我　为何想唱歌
那我告诉你　美事它太多
藏也藏不住的喜悦　按也按不下的欢乐
人逢喜事精神爽　国运昌盛我想唱歌
我唱富裕了我的家　我唱厉害了我的国
我唱奋进新时代　我唱这幸福必须靠拼搏

我心呼啸

我饿了　我想一片面包

我冷了　我想一件棉袄

我困了　谁知道我为何睡不着

北风它在满街跑

梅花它在枝头俏

望着窗前那一轮失眠的月啊

我的心在呼啸

我真忙　谁能给我支支着儿

我太累　谁给我肩膀靠一靠

我醒了　谁知道我的梦去哪儿找

雪花它在空中飘

烛光它在眼前摇

听着冰下那一河思春的水啊

我的心在呼啸

我走在这"一带一路"

我走在这"一带一路"

一颗心随波涛起起伏伏

我走在这"一带一路"

两只脚检阅戈壁沙丘

汉代的张骞让我很敬慕

明朝的郑和我也挺佩服

我爱民族好汉　更爱今朝风流

我爱英雄人物　更爱盛世气度

有了这友谊织就的"一带一路"

有了这千年扯不断的丝绸

黑眼珠儿亲爱蓝眼珠儿

白皮肤拥抱黑皮肤

四大洋哟五大洲

茫茫宇宙哟小小环球

心手相牵才有发展和富足

心手相牵才有和平与幸福

我走在这"一带一路"　走出家门心灵不孤独

我走在这"一带一路"　走出国门天堑变通途

握手

一只手握住
另一只手
就成了
一个心形的拳头

我攥住了你
你攥住了我
听时间在水上走
听大风在树上吼

下楼遛遛

吃饱喝足了以后

下楼遛遛　下楼遛遛

遛遛烦人的脂肪肝

遛遛挺起的将军肚

遇见熟人点点头

碰到老友握握手

都说饭后百步走

咱就能活九十九

下楼遛遛　下楼遛遛

遛过了风雨　遛过了春秋

苗条了日月　丰满了福寿

身心疲惫的时候

下楼遛遛　下楼遛遛

遛遛手头的千桩事

遛遛心上的喜和忧

热了树下擦擦汗

累了石上捶捶足

都说人生是条路

咱就大步向前别回头

下楼遛遛　下楼遛遛

遛过了风雨　遛过了春秋

靓丽了气质　潇洒了风度

相思草原

一条河
一首歌
辽阔大草原
遍地是传说
一把琴
一堆火
含情送秋波
有爱心做窝

一季雨
一场雪
大雁去又回
千里望明月
你来唱
我来和
哈达伴美酒
醉了八方客

想念父亲母亲（二首）

想念父亲

父亲咳嗽得厉害

特别是到了冬天

把夜咳得精瘦而漫长

时间得了肺气肿

每个日子都是气管炎

喘得上气不接下气

一口一口吐出来

全是红红的血丝

我就幻想

跳起来把鸭梨一样的月亮

从天上摘下来

切成一片一片

给父亲压一压咳嗽

那时候

父亲有多少疑问

又有多少烦恼

父亲想得脑仁儿疼

却怎么也想不明白

父亲皱着眉头

抽那劣质的香烟

一根接着一根

父亲咳嗽不止

遥远的小山村

在土炕上翻来覆去

其实不只是乡下

城市也在失眠

全社会都在咳嗽

父亲把他无数个不眠之夜

连同他痛苦的咳嗽

和厚厚的告状材料

装进一个大大的牛皮纸信袋儿里

父亲到县里到市里

甚至千里迢迢跑到北京去上访

可是等父亲风尘仆仆回到家时

大大的牛皮纸信袋儿

已经比他还早早地回到了村里

那些材料上面由大到小

盖满了一溜儿大红的印章

就像父亲咳出的血

父亲痴痴地望着

这个失而复得的牛皮纸信袋儿

就像看到了失散的儿子

既觉得亲切又感到手脚无措

父亲眼前飘起漫天大雪

他的头发一夜之间全白了

那是个荒诞的年代

多亏一九七八年的年底

我们党召开了一次著名的会议

全党集体把脉会诊

用一剂猛药治愈了十年的沉疴

让一个病病歪歪的国家

重新有了旺盛的肺活量

可是父亲却被咳嗽夺去了生命

因为父亲不懂医术

他只是一个普通的小学教师

而现在有时候我也会咳嗽

但与父亲的咳嗽迥然不同

不过是偶尔感冒了而已

不是肺气肿　不是气管炎

没有血丝　不用将满腹才华和精力

全都耗费在没完没了

给各级领导写信上

更不用提着一大袋子憋屈的问号

上上下下　满世界寻找

谁也给不出的答案

想念母亲

我很爱走路

刮风我就在风里走

下雨我就在雨里走

走路的时候

我总会想起母亲

母亲因为脑血栓病倒走不了路了

她坐在轮椅上向远处张望

轮椅的两个轮子

成为母亲的两条腿

周末或者节假日

我推着轮椅带母亲

到外面走一走

碾过日出　碾过日落

几多曲折　几多坎坷

在母亲的轮椅下

吱吱扭扭　吭吭哧哧

看到有和母亲年龄差不多的人

在小区花园里欢快地跳舞

在兴高采烈地扭秧歌儿

母亲就让我停下

从轮椅上扶她下来

母亲颤颤巍巍站在那儿

眼巴巴地看着热闹的人群

用目光和认识的不认识的姐妹打着招呼

却怎么也迈不开双腿

母亲小时候很喜欢体育
得过学校的长跑冠军
母亲也很喜欢文艺
爱唱歌爱跳舞
总在台上表演节目
可现在不论怎么着急
母亲却一步也走不出去
像被施了魔法
母亲能指挥五个儿子
却指挥不了自己的两条腿

母亲得脑血栓时只有四十七岁
直到七十六岁病逝
中间有整整二十九年
最初靠我们扶着
母亲还可以吃力地走几步
后来走得越来越少
直到最后一步也走不了了
所有的大路和小路
远远地一望见
轮椅上常胜将军似的母亲
就像残兵败将　立即撤退
全都溃逃得无影无踪
躲到轮椅找不见的地方

我走路的时候

总会想念母亲

我知道我不是一个人在走路

我也在代表母亲走路

我每天大约要走两万步

一年有三百六十五天

二十九年是多少天？

二十九年要走多少步？

从小到大母亲对我的爱

是多少乘法也计算不出来的

我一边走路一边想我的母亲

我一边想我的母亲一边激励自己

无论如何也不能停下脚步

不管我走到哪儿

背后一直都有一双眼睛

在深情地注视着我

我心里明白那就是我亲爱的母亲

哪个母亲不希望自己的儿子

把脚下的路走得远一些再远一些

绵绵思念没有尽头

漫漫长路没有尽头

想念远山

走了大半生

我走进一座神奇的山

多情的你哟　用大杯大杯的泉水

就把我灌醉了

虽远隔千万里　你总在我梦里风光无限

一溪鸟语花香　也会在我心中掀起波澜

我在春天放飞一行大雁　等你归来

我把秋水望穿　等你回来

多少回我饿了　我想你呀

我想你浑身的瓜果飘香

多少回我冷了　我想你呀

我想你满怀的春暖花开

我只好张开梦翼　乘着歌声

再走了大半生　去约会你

回来的时候　我捡了一块石头

我知道　这是袖珍的你

我把你娶回家　你就终日

赤裸裸　和我相亲相爱

直到白头偕老

从此山不再遥远　爱就在身边

所有翘盼都是团圆　所有眼泪都是甘甜

记得那年黄昏后

记得那年黄昏后　我和你相约在村口

第一次拉住你的手　一股热流涌上我心头

心里装满"我爱你"可话到嘴边我说不出口

啊　既然拉住你的手　今生咱就一起走

外边的世界美　美不过家中的风摆柳

外边的饭菜香　香不过你用爱蒸的大馒头

即使到了年老的时候　相互搀扶

我们也要并肩走　一直走到天尽头

永不松手　永不松手

记得咱俩成家后　你起早贪黑不停手

嘴上没挂着"我爱你"　天长日久我爱你更深厚

同甘共苦心贴心　牵手我就知你的乐和忧

啊　既然拉住你的手　今生咱就一起走

外边的世界美　美不过家中的热炕头

外边的饭菜香　香不过你用情熬的八宝粥

即使到了年老的时候　相互搀扶

我们也要并肩走　一直走到天尽头

永不松手　永不松手

向日葵

从日出追到日落

不是清高的她　在向太阳顶礼膜拜

只因经历了风雨黑夜

才对光明和温暖　有着最强烈的渴望和追求

春播时向日葵就是

一颗有灵性的种子

深藏人的愿望　秉承人的品行

谁用阳光照耀

她就把最美的花开给谁

谁用雨滴滋润

她就结最好的果实献给谁

给她一分大恩大德

她报十分深情厚谊

向日葵是人中君子

她让一切伪劣者　面红耳赤

永远也别想抬头

心事

月亮亏了忧
月亮盈了喜
你傻傻地看着天
傻傻地想着心事
云知道天的心事
雨知道云的心事
风知道雨的心事
谁知道你的心事

月亮胖了笑
月亮瘦了泣
你傻傻地看着天
傻傻地想着心事
云知道天的心事
雨知道云的心事
风知道雨的心事
我知道你的心事

天下一场春雨
地开一个花季
你点亮一天星斗
我绽放一地绚丽
天和地相亲相爱
我和你相偎相依

心相知　爱永远

堂前双飞燕　窗外柳缠绵
春意枝头闹　流光荡秋千
风雨一路走　你我手相牵
凭栏望山远　抚琴声声唤
不悔人憔悴　执手鹊桥见
风雨一路走　你我心相连

你是我的虞美人　我是你的临江仙
你是我的蝶恋花　我是你的鹧鸪天
是你打开了我的心扉
我给你一个春色满园
举头望共婵娟　心相知爱永远

信仰无敌

镰刀熠熠闪光　锤头铮铮作响
血铸的忠诚　铁打的信仰
雨骤风狂　挺起胸膛
头可断　血可淌
生亦爱党　死亦爱党
长歌划破暗夜　红心点亮曙光
啊　信仰无敌　无敌的信仰
纵使粉身碎骨
也站成不屈的形象
在天地响当当

肩扛民族解放　心头旗帜飘扬
血铸的忠诚　铁打的信仰
山高水长　脚步铿锵
头可断　血可淌
生为理想　死为理想
春光沐浴山河　神州日出东方
啊　信仰无敌　无敌的信仰
纵使千秋万代
也闪烁不熄的光芒
让日月亮堂堂

第五辑

吾心逍遥

心中的殿堂

总想走进你的校园　总想走进你的课堂

这是一个熔炉　这里情热势旺

进来是铁啊出来是钢　思想提纯啊灵魂补养

给我铁打的信仰　给我钢铸的肩膀

给我富民强国的志向　给我攻坚克难的担当

我重塑的熔炉　我锻炼成长的地方

总想沐浴你的雨露　总想沐浴你的阳光

这是一个殿堂　这里风清气爽

今天的种子啊明天的希望　今天的松柏啊明天的栋梁

给我不屈的精神　给我挺直的脊梁

给我高瞻远瞩的目光　给我改天换地的力量

我心中的殿堂　我永生难忘的地方

心中的歌儿唱给党

一怀初心热　满腔血滚烫

品味苦难辉煌哟　感悟你的百炼成钢

给了我生命　哺育我成长

儿女情深哟　我都唱给亲爱的党

都是母亲生　都是母亲养

母亲的教导　永远记心上

自从面对党旗宣了誓

我们就有了一个共同的母亲

伟大的中国共产党

啊　中国共产党

一肩使命重　求索路正长

风雨千万里哟　党旗为我指方向

整装再出发　长征一棒棒

镰刀锤头哟　给我智慧和力量

都是母亲生　都是母亲养

母亲的教导　永远记心上

自从心中懂得"主义真"

我们就有了一个共同的信仰

永远跟定中国共产党

啊　跟定共产党

心中的旗帜

热血在旗帜上滚烫

誓言在旗帜上响亮

初心在旗帜上满怀激越

使命在旗帜上一路铿锵

我爱你如血的鲜红

我爱你镰刀锤头的金黄

高举这锤头砸碎旧世界

挥舞这镰刀收获新希望

高举这锤头砸碎一道道险阻

挥舞这镰刀收获一个个辉煌

匍匐的日月哟终于昂起了头

站起来的山河哟焕发了荣光

心中的旗帜啊　心中的理想

心中的旗帜啊　心中的信仰

心中的旗帜啊　前进的方向

心中的旗帜啊　奋进的力量

心中的信阳

心里想你你最亲　口中喊你你最响亮
姑娘个个都苗条　小伙个个都强壮
信阳信阳　我心中的信阳
信　是相信的信　阳　是太阳的阳
出门咱就逛山景　开窗就能赏湖光
鸡公山上哟　鸡公叫一嗓
三省它天大亮　烧开南湾水哟
毛尖一壶天下香　十年它也难忘
信阳信阳　我心中的信阳

说是北国你最柔美　说是江南你最阳刚
孩子个个都机灵　老人个个都俊朗
信阳信阳　我心中的信阳
信　是信念的信　阳　是阳光的阳
先辈血沃鄂豫皖　如今花开就辉煌
乡村多美丽哟　一家灶火旺
全村它都飘香　城市像园林哟
梧桐引来金凤凰　千里它也向往
信阳信阳　我心中的信阳

心中想念毛泽东（二首）

开国领袖毛泽东，一生俭朴，始终保持艰苦奋斗的传统。他从不睡席梦思，一直睡硬板床；他常穿的一件睡衣，竟然打了六十多块补丁……

硬板床

总嫌席梦思太软了

大丈夫躺下来也一定选择

硬硬邦邦　堂堂正正

从不屈身弯腰

爱吃辣椒的毛泽东　就是这样一个性格

也许正因为睡硬板床

毛泽东的腰杆　才又硬又直

他带出的队伍

也人人都有　这样一副好腰杆

毛泽东站在天安门城楼上

雄壮高亢的一嗓子就喊醒

一九四九年十月一日　从匍匐的漫长岁月中

挺身"站立起来了"

站成了人民英雄纪念碑

现在席梦思越来越多了

我们这个时代该不会睡得

昏头昏脑　软绵绵吧

睡惯了席梦思

247

不妨重温一下硬板床的感觉

也许硬板床会告诉我们

既然昂首挺胸"站立起来了"

就应该严防佝偻病

更不能一个跟头摔倒

补丁衣

将"土八路"的作风

裁剪成方的　圆的　一块块补丁

穿上打满补丁的衣服

如同披挂结实的铠甲

共和国的领袖　和他带领的共产党人

以此来抵御不正之风

还有糖衣炮弹的猛烈袭击

而今日子富裕了

大多数公仆们　再也不用穿破旧的衣服

可有些人的党性

还有道德　还有理想

却破了很多洞　四处漏风

我真想用延安窑洞前

那辆纺车　纺出的一根长线

为他们缝上去

一块勤俭节约　一块艰苦奋斗

把我们的党风好好补一补

让镰刀和铁锤的旗帜　无懈可击

雄关从头越

满怀矢志不渝

两肩雨骤风疾

千锤百炼成钢

辉煌一个世纪

初心炽热如炬

无数血红激越这面旗

镰刀锤头交响

冲锋的使命披荆斩棘

重整行装再出发

雄关从头越

踏平山高水低

长征何处凯旋

降妖除魔

打虎拍蝇如卷席

休说九九八十一难

长歌十万八千里

黑云明朝扫去

大路向远方携手晨曦

神州睡狮醒来望寰宇

绣红旗

天安门礼花盛开的时候
江姐和她的战友
将心中的愿望
唱成了一首《绣红旗》的歌
星星和月亮听到了
镰刀和锤头听到了

凡是来到歌乐山的人
都觉得这里的山山水水
很美　很幽静
美得胜似一幅画
幽静更适于开发成
休闲旅游的风景

绿树掩映
半山腰站着一间间房子
远远地还以为是
僧人的寺庙　仙人的亭台
近了才发现
窗上的铁栅栏
将外面的阳光　切割成条状
门上一把生锈的大铁锁
冷冷地把好大的世界
锁成小小的牢房

老虎凳捆绑不住灵魂

辣椒水更呛不死歌声

刚刚钉过竹签的纤纤手指

还在流血　就开始飞针走线

儿女们的深情　热血

全都绣上了

一面带着五颗星星的旗帜

雪花满天

雪花满天　雪花满天

这是热诚的期盼

这是缤纷的请柬

白毛风在旗上翻卷

红蜡梅在寒冬吐艳

天南地北手牵手哟

老友新朋心呀心相连

雪花满天　情满天

雪花满天　爱满天

雪花满天　雪花满天

这是纯洁的情感

这是飘飞的祝愿

比白毛风跑得矫健

比红蜡梅开得璀璨

竞技场上流大汗哟

颁奖台上捧呀捧起那狂欢

雪花满天　诗满天

雪花满天　歌满天

雪恋花

花在枝头开　雪吻春的腮
天地也多情　相思酿成爱
春花羞红脸　白雪敞开怀
何惧千万里　雪向花求爱

心红情不变　头白爱不改
美我为你美　帅我为你帅
开不败的风采　融不化的洁白
你恋我一千年　我爱你一万代

雪中吟诵《沁园春》

　　1936年2月，毛泽东和彭德怀率领中国工农红军，经过万里长征，胜利到达陕北，准备渡河东征，开赴抗日前线。为了视察地形，毛泽东来到山西省石楼留村，登上塬岭，眼望白雪皑皑的壮丽山川，不禁感慨万千，挥笔写下了这首《沁园春·雪》。有人称赞说："中国有词以来第一手，虽苏、辛犹未能抗手。"

大雪飘飘　　那是
毛泽东的思绪和灵感
在漫天飞舞
平平仄仄　　抑扬顿挫

虽是北风怒号　　千里冰封
诗人的心里　　却有春潮澎湃
春雷滚动　　吟出来
便是一首大气磅礴的《沁园春》

一条大河
左手挽着高山
右手牵着莽原
呼啸着来到一张宣纸上
成为一行行
列队站立的长短句

这铿铿锵锵的长短句

如同子弹　亦如手榴弹

比一支支英勇的红军

还要势如破竹　所向披靡

在领袖的心中　上下五千年

谁才是真正的英雄

山西石楼留村看到了

身材高大的毛泽东

走出那孔低矮的窑洞

身穿打着补丁的棉衣

站在茫茫雪地里

诗人用他特有的湖南口音

——数落着

秦皇汉武　唐宗宋祖

还有那位　驰骋欧亚大陆的成吉思汗

然后　高声回答世界

一心想称霸的蒋委员长

听到了　惊慌失措

小小山城　一片鸦鸣鹊噪

诗人毛泽东　让《沁园春》

这个被大雪浸润的词牌

成为千古绝唱

被一代又一代　吟诵

寻医问诊

不要总想着一口把天吃掉

结果被反咬一口

去年那个春天　突然受伤了

全世界在流血　疼痛难忍

这个新冠病毒　真是何其毒也

作恶还在光天化日

杀人居然明目张胆

细一想　关键还是要

管住咱自己的嘴

不能总想着　一口吃掉谁

好多病　大都是吃出来的

吃着吃着　人类中毒了

快给发烧的地球　打一针

让昏头涨脑　病病歪歪的世道

尽快好起来

咬紧牙关不回头

山也列队　水也走

朝也出发　晚也走

人生它永远在路上

咬紧牙关咱不回头

翻一道梁哟过一条沟

流一身汗哟加一把油

一程雨雪哟一程春秋

一路风光哟一路锦绣

一程坎坷哟一程传说

一路豪迈哟一路风流

都说人生它多艰辛

历尽苦难曙光它在前头

一路狂奔

只要双眼没有蒙尘

诗和远方就注定有人追寻

只要心中还有梦

朝阳就注定升起在清晨

只要双脚不曾停顿

爱和明天就注定芳草如茵

只要心中还有歌

明月就注定不会在阴雨中沉沦

让我们手拉手啊　让我们心贴心

你为我加油啊　我为你鼓劲

大步向前啊一路狂奔

走出寒冬见阳春

大步向前啊一路狂奔

忘掉烦恼是开心

一个人守护一座岛

地图上不好找　因为它太小

放眼也望不到　因为它在海角

虽然它很小　始终在祖国怀抱

虽然在海角　母亲心里知道

我一双肩扛起一片天

我一个人守护一座岛

我为祖国站岗

我为母亲放哨

台风我的好友　寂寞我的故交

我持枪站在哪里　哪里就是碉堡

心里装着忠诚　脸上写满自豪

只要有我在　国旗就迎风飘

我一双肩扛起一片天

我一个人守护一座岛

这就是我的使命

这就是我的荣耀

一见钟情

一个眼神　你暗送秋波

一次牵手　我千年承诺

什么也别问　什么也不说

我依偎着你　你拥抱着我

心近了才懂得　懂得了才深刻

笑迎日出　目送日落

日出日落哟　都是我们的多情岁月

我是夏日一缕风　你是冬天一把火

一次邂逅　我辗转反侧

一见钟情　你倾城倾国

什么也别问　什么也不说

我惦记着你　你牵挂着我

志同了才道合　道合了才执着

留恋月圆　抱憾月缺

月圆月缺哟　都是我们的多彩生活

我是夏日一缕风　你是冬天一把火

一生的爱恋

让我给你一所房子　吃一餐悠闲

让我给你一个公园　划一船浪漫

让我给你一条路　我们一起走

让我给你一座山　我们一起攀

让我给你一个故事　说说从前

让我给你一个憧憬　走进明天

让我给你一个歇脚的港湾

让我给你一个起航的远帆

让我和你手牵手　让我和你肩并肩

让我和你鸟比翼　让我和你枝相连

让我给你一双慧眼　过了这村再没这个店

让我给你一个决断　珍惜千年修来的福缘

让我给你牛郎配织女　天上爱人间

让我给你许仙白娘子　大水漫金山

让我给你一片绿荫　遮挡酷暑

让我给你一腔火热　驱走严寒

让我给你爱到天荒地老

让我给你爱到海枯石烂

你是我一生的知己　你是我一生的挂牵

你是我一生的陪伴　你是我一生的爱恋

一首歌　一面旗

激昂一首歌　胜利一面旗

唱不够的壮士气　打不败的英雄旗

一次次席卷残夜　一次次打开晨曦

满怀理想　高举正义

嘹亮了唱不够的壮士气

绚丽了打不败的英雄旗

激昂一首歌　胜利一面旗

唱不够的壮士气　打不败的英雄旗

一次次浴血突击　一次次前赴后继

意志如钢　信仰无敌

嘹亮了唱不够的壮士气

绚丽了打不败的英雄旗

激昂一首歌　胜利一面旗

唱不够的壮士气　打不败的英雄旗

合着日出的节拍　伴着进发的步履

嘹亮了唱不够的壮士气

绚丽了打不败的英雄旗

激昂一首歌　胜利一面旗

一碗一勺兴节俭

小餐桌耕不出粮田

大炒锅养不出海鲜

谁为我们操劳

谁为我们流汗

不吃千番苦

哪来万般甜

小朋友　好伙伴

剩口菜汤咱拌米饭

掉颗饭粒咱赶紧捡

筷子头上有文明

一碗一勺兴节俭

义勇军进行曲

集合爱国主义列队

率领英雄主义出征

在这支队伍里

有八路军和新四军

有游击队和老百姓

有狼牙山的五位壮士

有壮烈投江的八位女兵

这支义勇军

用愤怒的枪声

　　轰鸣的炮声

　　燃烧的手榴弹声

英勇高唱正义

誓死捍卫和平

这是生命的音符

这是音符的生命

唱着这支歌搏斗

唱着这支歌冲锋

唱着这支歌啊

奴隶成为将军

士兵成为英雄

每一个战士都是钢铁

每一个战士都是青铜

即使被打成

血肉横飞的碎片

也是铁骨铮铮

一片一片捡起来

也要筑成

中华民族永远不倒的

铜墙铁壁　万里长城

因为爱你

在我身边　你是我的珍惜
不在身边　你是我的惦记
因为爱你　苦恼时少了一半苦恼
因为爱你　甜蜜时多了一倍甜蜜

同撑一把伞　你我就不怕雨
同走一条路　你我就心相依
因为爱你　春夏秋冬　四季诗意
因为爱你　所有给予　都是获取

因为爱你　所以爱你
因为爱你　所以爱你
我爱你天使这般的美丽
更爱你天使吻过的心地

印象桂林（二首）

石令人古

水令人远

仁者乐山

智者乐水

——代题记

月亮河

热烈奔放的太阳走了

只留下多情的月亮

揩着汗　分娩一河星斗

月亮　这位慈祥的母亲

柔情似水　大爱无边

每一颗流浪的心灵

都可以偎在月亮的怀里

叼着她的歌谣　憩息

并梦回乡下的童年

桂林的月亮甲天下

天下就网在桂林的月光里

山水画

好大一张宣纸铺开了

就有九百六十万平方公里

天地有一双慧眼

左眼是太阳　右眼是月亮
选择桂林　构图设色
历史深处的风　挥动
一棵千年的榕树做笔
蘸着雨的灵感　雪的思绪
开始绘画

粗粗细细的线条　款款流动
便是一条河
浓浓淡淡的墨　高高站起
便是一座座山
不怕隔着千秋万代
十万八千里也要
赶到唐朝　赶到宋朝
这样一幅好山水
无论如何也该
挂在王维苏东坡的书房

永远在路上

这是一个战场

是输不起的斗争

虽不见硝烟战火

却也在举旗冲锋

严纪律 强党性

为了共产党的风清气正

铁肩担当重任

铁面不徇私情

永远在路上

步伐更坚定

我们是党的忠诚卫士

我们是新时代的钢铁长城

这是一个战场

是输不起的斗争

虽不是两军对决

却也有流血牺牲

惩腐恶 除蛀虫

为了中华民族伟大复兴

不忘人民重托

牢记神圣使命

永远在路上

步伐更坚定

我们是党的忠诚卫士

我们是新时代的钢铁长城

咏春

雪养神采雨生情，叶肥枝瘦风雅颂。
万千春色自羞散，悦目赏心绿映红。

高山流水肺腑事，踏青忽见鸳鸯亭。
何时携侣走天涯，人生无处不锦程。

有了你

没有柴就起不了火
没有米就下不了锅
如果没有你呀
我就没有那爱情的生活

没有吃的就会饿
没有喝的就会渴
如果没有你呀
我就没有那幸福的生活

有柴啊就能起火
有米啊就能下锅
有了吃的啊就不会饿
有了喝的啊就不会渴

有路就能走车
有桥就能过河
有了你呀
爱情它就跑进了我的生活

有十五就有明月
有春天就有花朵
有了你呀
幸福它就跑进了我的生活

有一种爱

有一种爱　一见倾心
有一种爱　一往情深
有一种爱　魂牵梦萦
有一种爱　刻骨铭心
有一种爱　不需卿卿我我
有一种爱　只要心心相印
有一种爱　没有如醉如痴
有一种爱　却又难舍难分

有了这种爱　再苦也不觉苦
有了这种爱　严冬也暖如春
有了这种爱　天涯海角若比邻
有了这种爱　高山流水觅知音
有了这种爱　一个眼神胜过千言万语
有了这种爱　一颦一笑也揪着人的心

这种爱　来自每一个早晨
这种爱　来自每一个黄昏
我爱你　我爱你生生世世
我爱你　我爱你秒秒分分

远山的呼唤

走了这么远　依然能听见你热切的呼唤

隔了这么多年　依然能听见你痴情的呼唤

也许我就是　你怀里的那一泓清泉

缠缠绵绵从没有走远

也许我就是　你头上的那一轮明月

圆圆缺缺都陪在你身边

远山的呼唤　千里万里的情缘

远山的呼唤　千年万年的热恋

远山的呼唤　天涯海角我也能听见

远山的呼唤　醒来梦中我都能听见

再唱《黄河大合唱》

中华民族不再一唱三叹
炎黄子孙最烦九曲愁肠
要唱就唱《正气歌》
要唱就把黄河唱

一个好儿郎冲上战场
就让一个音符铿锵
一支义勇军杀声响亮
就让一段旋律激昂

将一个个音符投入黄河
黄河就掀起巨浪
将一段段旋律投入黄河
黄河就倒海翻江

歌声中有卢沟豪迈
歌声中有太行悲壮
歌声传出平型关大捷
歌声让台儿庄名扬四方

歌声间歇
游击组巧布地雷阵
歌声骤起
雁翎队冲出芦苇荡

即使中弹倒下
不倒的精神也叮叮当当
即使粉身碎骨
不死的灵魂也是风风光光

即使流尽最后一滴鲜血
也要染红抗日救国的旗帜
迎风飘扬　猎猎作响

在田野　在山岗

在田野　在山岗

在那遥远的小村庄

我魂牵梦萦的第二故乡

汗在一处流　心往一处想

和乡亲们披星戴月

和乡亲们共建小康

在田野　在山岗

求发展　图富强

青春在这里闪光

理想从这里飞翔

根儿扎得深　枝干高又壮

不要说都市里生都市里长

不要说从未离开过父母身旁

自从那天打好行装

广阔天地锻炼成长

脸晒黑了更健康

肩膀更有劲　腰身更强壮

在田野　在山岗

在那遥远的小村庄

我血肉相依的第二故乡

汗在一处流　心往一处想

和乡亲们同甘共苦

和乡亲们共圆梦想

在田野　在山岗

谋幸福　奔兴旺

青春在这里闪光

理想从这里飞翔

根儿扎得深　枝干高又壮

不要说都市里生都市里长

不要说从未离开过父母身旁

自从那天打好行装

广阔天地锻炼成长

手起老茧心欢畅

我意志如铁　我信念如钢

在这个喜气洋洋的节日（二首）

一颗心掰成千万瓣儿

揣一颗立党为公的心
揣一颗执政为民的心
走村入户问冷暖
一颗心掰成千万瓣儿

大雪封山的日子
推开一扇扇寂寞的柴门
地震废墟旁的帐篷里
掀起一口口冷清的铁锅

看看社区敬老院的老人
给他们端上一碗热腾腾的饺子
瞧瞧乡村的五保户
给他们红包里包一份祝福

因为人人心中滚动着热流
所以隆冬时节不觉得寒冷

共产党的官
都是百姓养育的
百姓是咱们的衣食父母
吃的是百姓种的粮
穿的是百姓纺的衣

谁不拿百姓当百姓

就是不拿自己的父母当父母

谁给百姓当官做老爷

就是给自己的父母当官做老爷

谁虐待百姓

就是虐待自己的父母

不把百姓当父母

总想给百姓当父母官

那他肯定是又回到了

封建社会的衙门里

三天不给饭吃不给衣穿

多体面的领导

也不能再登台开大会做报告了

吃百姓饭穿百姓衣长大的共产党

人人都有一颗有血有肉的心

人人都有一颗感恩报恩的心

爹啊娘啊

省长市长县长给您拜年来啦

在这个喜气洋洋的节日

百姓拥抱阳光

中国握住和谐

奔走的新时代

从此不再步履蹒跚
步伐更加雄壮豪迈

每月都领回一大捧汗珠儿

发工资也叫作发薪水
其实不如说是发汗水

每月的三号
我都要从财务部门
领回一大捧汗珠儿

这一大捧汗珠儿
不仅仅是我流淌的
更是纳税人流淌的
是人民流淌的

你看人民币的这个"币"字
上边一撇多像一只胳膊
下边是一条毛巾
一只胳膊挥动一条毛巾
那不是在擦汗吗
我们领回的一沓沓人民币
都是人民流淌的汗

因此
每当我领回一大捧汗珠儿时
心中都格外感到沉重

热气腾腾的一大捧汗珠儿

催我拼命工作

有时我也想

千万不要以权谋私

捞取人民的汗珠儿

那可是三伏天麦田里的汗珠儿

那可是高炉火光映红的汗珠儿

谁贪污人民的汗珠儿

谁受贿人民的汗珠儿

人民的汗珠儿终将

汇聚成一个海洋

最后把他的灵魂淹没

咱都了不起

一步山高一步水低

一身风雨两脚崎岖

奔奔波波了一辈子

谁的一生都一样不容易

一程出发一程欢聚

一生打拼顶天立地

劳劳碌碌了一辈子

平凡的人生都在书写传奇

家和事兴同心曲

健健康康它才是第一

同学朋友抽空常聚聚

快快乐乐就会有好福气

儿孙自有儿孙福

幸福永远在路上它从不停息

唱歌跳舞郊游爬山去

精精神神才会活好咱自己

走过山高走过水低

一身肝胆两肩力气

辛辛苦苦了一辈子

谁的人生也不可抄袭

胜不骄狂败不自弃

壮怀激烈感天动地

跌跌撞撞了一辈子

谁的命运都在自己手里
平头百姓粗布衣
愉悦自己和谐了邻里
有一寸光咱就发一寸光
有一分力咱就出一分力
再远的路它也在身后
再高的山它也在脚底
有房有车不如有个好身体
潇潇洒洒你我咱都了不起

咱是爷们儿咱阳刚

别看臂不壮　咱有宽肩膀

别看腿不粗　咱有铁脊梁

别看眼睛小　目光比刀亮

别看笑眯眯　一副铁心肠

咱是爷们儿硬邦邦

不是娘们儿泪汪汪

咱是爷们儿响当当

不是吹出来的棉花糖

咱是降妖的孙悟空　手握金箍棒

咱是打鬼的钟馗　仗剑向虎狼

邪恶　你往哪儿躲

腐败　你往哪儿藏

咱是爷们儿咱阳刚

狂风暴雨咱爷们儿挡

咱是爷们儿咱阳刚

天塌地陷咱爷们儿扛

咱是爷们儿咱阳刚

是爷们儿咱就不信乌云遮太阳

咱是爷们儿咱阳刚

是爷们儿咱非打出

海晏河清天地晴朗朗

芝麻

让西瓜欺负了一辈子

一辈子不争不辩

默不作声

自打有人

丢了西瓜捡芝麻

便遭到嘲讽

认为是天底下顶愚蠢的了

芝麻也蒙不白之冤

本不同根同宗

也不同名同类

何故捡一个西瓜

给芝麻当爷爷

满腹委屈在心中做籽

小小芝麻挺直腰杆

不向西瓜低头开花节节高

直到秋后

芝麻成熟了

捣碎榨干

一滴一滴都是油

即使蘸一筷头儿

生活也飘香

执子之手　天长地久

囍字开口笑　欢歌飘彩球
从今手拉手　咱俩儿并肩走
山高水长　风雨同舟
不恋你多娇美　不图你多富有
相濡以沫一辈子　不离不弃到白头
你是我的今世缘　我是你的长相守

行过三拜礼　喝干交杯酒
从此心贴心　咱俩儿一生走
相亲相爱　意合情投
不恋你多娇美　不图你多富有
恩恩爱爱一辈子　和和美美到白头
你是我的今世缘　我是你的长相守

执子之手　共度春秋
执子之手　前程锦绣
执子之手　天长地久

只要

一草有一草的色调

一花有一花的味道

也许我很平常

也许我不重要

只要我葱茏

春天它就来了

只要我绽放

生活它就美好

一水有一水的传奇

一山有一山的美妙

也许无人理睬

也许无人叫好

只要我奔跑

目标它就能达到

只要我屹立

人生它就是崇高

只要有了爱

媳妇儿是自家的亲
老公是自家的能
心贴心的爱哟　手牵手的情
分不开的爱哟　拆不散的情

只要有了爱　只要有了情
何须倾国倾城　但求倾其一生
只要有了爱　只要有了情
何须海誓山盟　但求你我忠诚

只要有了爱　只要有了情
下雨我为你遮雨　刮风我为你挡风
只要有了爱　只要有了情
数九寒冬心不冷　咬紧牙关咱奔前程

致无名烈士

你是冲破暗夜的鹰
你是炸散浓云的雷
没有光明　你把光明寻求
没有道路　你把道路开辟

忠诚生死不渝
信仰坚定不移
心中回荡　血铸的誓言
手中高举　奋进的战旗

中国好人

小时候学写人　长大学做人

一撇一捺真善美

一步一程礼义信

香的敬老人　好的给子孙

雨里撑把伞　雪中送温馨

跌倒扶一把　危难敢挺身

你也做好人　我也做好人

好人是咱炎黄的血脉

好人是咱华夏的灵魂

最好写的是人　最难做的是人

一撇一捺风雅颂

一步一程精气神

有副热心肠　千里也相亲

有颗善良心　友爱门对门

小事不计较　有理让三分

你也做好人　我也做好人

好人多了世上路好走

好人多了人间处处春

中国永远在这儿

不要怕它夜漫长

雄鸡一叫天大亮

不要怕它风雨狂

风雨掀不翻大海洋

你若问中国的长相

请看看它版图的模样

你就看到了雄鸡高唱的形象

不要怕它夜漫长

雄鸡一叫天大亮

不要怕它风雨狂

风雨掀不翻大海洋

你若问中国的气量

请望望辽阔的海洋

你就望到了巨龙腾飞的景象

抖落五千年沧桑

再创五千年辉煌

中国永远在这儿

这里是雄鸡唤醒太阳的地方

中国永远在这儿

这里是巨龙腾空出世的地方

中国走向一九九七

罗湖桥是一根多情的针

被时间愿望

打磨得尖利而明亮

思绪和风

纫进针鼻儿

是一条悠长悠长的线

香港是从黄河的衣襟上

扯开的一片布

风飘缠绵

雨打思念

于是

多少双轻快而忙碌的手

飞针走线

缝好了

便是完美的中山装

左兜装着八达岭

右兜装着九龙塘

穿着这件漂亮的中山装

中国潇洒地

走向一九九七年

忠诚卫士

生在长城脚下　　长在黄河岸边

我们有山一样的性格

我们有水一样的情感

正风肃纪　　惩恶扬善

我们是党的忠诚卫士

我们的忠诚哟

经过血的洗礼　　经过火的熔炼

肩负神圣使命

牢记人民期盼

为了江山代代永固

为了红旗辈辈相传

生在文化沃土　　长在红色家园

我们有炎黄子孙的血脉

我们有革命先辈的信念

治病救人　　反腐倡廉

我们是党的忠诚卫士

我们的忠诚哟

经过血的洗礼　　经过火的熔炼

一心披肝沥胆

一路攻坚克难

为了中华巨龙腾飞

为了明天辉煌灿烂

追踪

你就像一阵顽皮的风
撒一溜欢儿钻进我的袖筒
抓挠我的心哟
一会儿快乐一会儿疼痛
你就像捉不到的精灵
夜夜闯入我的梦中
你从哪儿来哟
猜也猜不透说也说不清

我只有望着你的身影
向远方一路追踪
山一程哟水一程
雪一程哟雨一程
一程黄昏哟一程黎明
一程炽热哟一程坚定
就在这默默追踪中
让我一生幸福哟幸福一生

紫薇花开

紫薇花开满堂红

紫薇花开红满堂

紫薇花开在阳台上

福到运到喜洋洋

紫薇花开在书桌旁

勤学苦读书声朗

紫薇花开满堂红哟

紫薇花开那个红满堂

满堂红哟红满堂

人逢喜事哟他呀精神爽

满堂红哟红满堂

国逢盛世哟大路它越走越宽广

紫薇花开满堂红

紫薇花开红满堂

紫薇花开在山冈上

天高地阔任飞翔

紫薇花开在路两旁

大街小巷放声唱

紫薇花开满堂红哟

紫薇花开那个红满堂

满堂红哟红满堂

走进了新时代哟人人追梦想

满堂红哟红满堂

过上了好日子哟歌也甜来花更香

总爱着这山这河

总记着这山它叫海陀
总记着这河它叫妫河
总爱着这山它叫海陀
总爱着这河它叫妫河

一道山梁　一本画册
画不够的美景是海陀
一朵浪花　一个传说
讲不完的故事是妫河

春种秋收　满山瓜果
梦不断的思念是海陀
花开花落　遍地景色
说不尽的爱恋是妫河

啊　我爱你海陀
你是我不屈的骨骼
啊　我爱你妫河
你是我奔流的热血

走近焦桐

望见这棵焦桐树

谁都认得出

当年的那株幼苗哟

已在这里扎根驻足

走近这棵焦桐树

谁都记得住

它代表一个人哟

已在这里安家落户

百姓呼唤你哟　焦裕禄焦裕禄

百姓想念你哟　焦裕禄焦裕禄

你腰杆硬哟铁肩扛起一片天

你心滚烫哟满怀焐热一方土

望见这片焦桐树

谁都认得出

当年的株株幼苗哟

已长成千丈精神万里气度

走近这片焦桐树

谁都记得住

它代表一群人哟

给千家万户捧上甘甜送来幸福

多想抱抱你哟　焦裕禄焦裕禄

多想亲亲你哟　焦裕禄焦裕禄

你把百姓当父母哟当父母

你给百姓当公仆哟当公仆

走进一九二一

走进一九二一年　镰刀锤头对我说起

有一个理想　它冲破围剿追击

有一个主义　它走过雪山草地

一次次扑倒哟　一次次奋起

打紧绑腿的跋涉　就是为了翻身解放

挺直腰杆儿在人间站立

走进二〇二一年　镰刀锤头对我说起

为了一个理想　老前辈矢志不渝

为了一个主义　新一代前赴后继

永远在路上哟　一棒棒接力

激越不变的初心　就是为了复兴梦圆

龙腾盛世扬眉吐气

祖国　我们来了

双肩担着殷殷重托

赤城滚动在心窝

祖国啊　亲爱的母亲

我们来了　您的儿女们来了

还是这神圣庄严的大会堂

还是这万象峥嵘的春三月

鼓角催动我们的脚步

鲜花笑脸写满我们的喜悦

参政议政　真情似火

当家做主　不忘职责

我发言　以长城的名义

我建议　请参考决策

我是十四亿分之一

我是九百六十万的总和

建成小康　繁荣富强

与时俱进　开拓拼搏

一心为公立党

一心为民兴国

祖国啊　母亲

乘上现代化建设的快车

勇往直前　风驰电掣

跋一

我辽远的天空和大地

好像刚刚还在唱"八十年代新一辈"，转过脸儿，倏忽就变成即将退休的"老前辈"了。到今年年底，细一想，忙忙碌碌，我已经工作了38年。

在这38年里，有28年我是在纪检监察机关度过的。反腐败是我的本职，"打虎拍蝇"是我的日常状态。

我从十几岁就开始写诗了，"干你们这行的，居然喜欢诗，还写诗？"这让许多熟悉和不熟悉我的人小小地吃了一惊。

我上初中的时候，村里来了一个"工宣队"。"工宣队"队长是个老大学生，从京城来时带了一本《革命烈士诗抄》。我到"工宣队"队长的宿舍玩儿，偶然看到了这本书，霎时就如同被一团火点燃了。我感到我的心熊熊燃烧了起来，血在"咕嘟咕嘟"沸腾着。

"任脚下响着沉重的铁镣，任你把皮鞭举得高高。"

"人的躯体，哪能从狗的洞子里爬出？"

这样的诗句，让我一个十三四岁的孩子激动不已，耳畔久久回荡《国际歌》和《国歌》的旋律。激昂而悲壮。

书里的革命先辈，陌生却又熟悉，像是我活着的一位位亲人。我想念我的亲人，我深爱我的亲人。

光彩照人的一位位亲人呀，白天在我身边，夜晚又走进了我的梦里。

这晚，我从梦中鱼跃而出，激情燃烧岁月里的激情少年，头顶满天星斗，踏碎一街犬吠，挥着两只小拳头，猛烈击打"工宣队"队长的房门。

我等不到天亮，我必须连夜接我的一位位亲人回家。太阳最红，毛主席和我的每一位革命先辈最亲。

"工宣队"队长站在黑寂无人的街口，像一个地下工作者那样，小声叮嘱我："这是本'黑书''毒草'。明白吗？只能借给你一天，千万不要让别人看见。"我定睛细瞧，《革命烈士诗抄》果然包了书皮儿。

后来我才知道，虽然这本书里有李大钊、蔡和森、恽代英，但也有瞿秋白。瞿秋白因为"多余的话"，已经成了叛徒。这本书的主编萧三，那时也被"打倒"了。

我想用一天的时间，把这本我迷恋的书全部抄下来。我觉得，这一首首诗，都是我挚爱的亲人在同我促膝谈心，在谆谆教导我 。我心领神会。信仰，像种子一样，落地生根。

第二天上课时，我正在埋头匆匆抄写，不幸被目光如炬的老师发现，把书和我抄写的半本"诗抄"，都给无情地收缴了 。

我的头"轰轰隆隆"一阵电闪雷鸣，心里不由惊呼：我闯了大祸。但我临危不惧，像夏明翰爷爷一样大义凛然。我满不在乎地对老师说："砍头不要紧，只要主义真。"老师笑了笑，没理我，拿着书转身走了。

还是"工宣队"队长有办法，他找到了校长，不仅把书要了回来，而且还帮我说好话，全力"营救"我。于是，我没有受到处罚，更没有因此成为夏明翰。

不久，学校组织我们到县城看了一场电影，名叫《闪闪的红星》。我的心再一次被燃烧得火热。电影结束，别的同学都走了，我却躲在电影院的厕所里，悄悄地挨到下一场，又偷偷地看了一遍。在散场的人海中，我冲着电影银幕，大喊一声："潘冬子，我可找到你了。我的亲弟弟。"

出了电影院，天已大黑。我动情地唱："夜半三更哟盼天明"，一个人孤独地走在黑漆漆的路上，手里攥着路边捡的一根打狗棍，时刻准备让从任何一个角落蹿出来的"胡汉三"等反动派脑袋开花。20多里乡间羊肠子小道，还未把"夜半三更"唱到"天明"，我就一路小跑着到家了。

从此，我便有了初心，自认为是"党的孩子"。找到了人生的方向，明确了追求和目标，知道了路该怎么走。小小少年，走到哪儿都是昂首挺胸，步履铿锵。准备着，时刻准备着。

第二天上语文课，老师让每个同学写一篇观后感。我心潮澎湃，文思泉涌，立马写了一首政治抒情诗。老师喜出望外，让一个女同学朗诵，女同学读着读着就哭了，老师也感动得哭了。

我和我所有的同学满脸通红，个个都像见火就会爆破的炸药包。我强忍几欲夺眶而出的泪水暗想：诗歌咋这么伟大而神奇呢？从此我知道，好诗应该是用一腔热血，甚至是用生命写成的。

上大学我就读了中文系，没黑没白地钻研写诗，从大二起，我已开始发表作品。呕心沥血写了40多年，长诗、短诗发表了好几百首，遗憾的是，竟然再没有一首诗，让我的女同学和老师能像当年那样大哭一场。

不知是我越来越不会写诗了，还是我的女同学和老师今天都变成铁石心肠了呢？

不管怎么样，我依然热爱读诗。每天晚上散步时，我还会坚持背诵《唐诗三百首》《宋词三百首》。走3个小时步，我就背诵3个小时诗。楼下小花园的邻居，远远瞧见我振振有词地走过来，一个一个都赶紧给我让路。我笑着向他们行住目礼：这世界我来了，任凭风暴旋涡，我看到那阳光闪烁，爱拥抱着我。

不管怎么样，我还依然热爱写诗。这次出版的《山一程 水一程》，是从我40多年创作的上千首诗歌中，精挑细选出来的。有300多首。期待有一二首能让人感动一回。没人感动，我也不会灰心丧气，那我就再写40年。我是属牛的，有点儿牛脾气，倔强。也可以说，诗意顽强。

因为热爱诗歌几十年的经历告诉我，读诗、写诗、背诵诗可以陶冶情操，砥砺品性，引领人向美、向善，进而可以增强抵御腐蚀、抗拒诱惑的能力。我对此越来越深信不疑。

我大半生反腐倡廉，十分真切地感到，"不敢腐、不能腐"靠的是他律，是被动的，算是必然王国。只有"不想腐"，靠的是自律，是心甘情愿的，才是理想的自由王国。

必然王国通往自由王国，要经过艰苦卓绝的长途跋涉。诗歌或许能为我们搭一座桥。

由此我想到，诗歌应该是心性按摩，是精神健美操，是灵魂深呼吸。诗歌可以抗抑郁，可以抗衰老，也可以抗腐败，让心灵得到慰藉和环保。

不变质，不变色，不变味。怎样才能做到？热爱诗歌，追求并享受一种诗意的生活，大抵可以起到很好的辅助作用。

我想这样说：反腐败永远在路上，诗歌永远在路上，远山也永远在路上。

我还想这样说：只要心中有一颗太阳，用热血抒写，用生命抒写，就不怕这冷冰冰的世界，不会冰融雪化般地再一次热泪盈眶。

大约是2009年的夏天，我到安徽怀宁出差，就路过了诗人海子的老家。我们一行几人，顺步走进了诗人的家门。见到了一男一女两位老人，是海子的父母，好像是刚从地里干活回来。都是花白着头发。

两位老人很热情，给我们沏茶，拿小木凳让我们坐。并指着一个非常简易的书架，对我们说："这些都是海子读过的书，当年海子考北大时，在怀宁考了第一名。"

可以感到，海子的父母很为儿子自豪。两位老人告诉我们，中学课本选了海子的哪首诗，大学课本选了海子的哪首诗。好客的父亲还为我们背诵了海子的《亚洲铜》等好几首作品。

两位老人好像还说海子有一个弟弟，没有海子学习好，连中专也没考上，在外边打工。打工虽然很辛苦，挣钱也不多，却也接长不短地给父母寄回三五千零花钱。挺孝顺的。

那年已是海子在山海关卧轨去世，整整20年了。

我们每个人心中仍是沉甸甸的，谁也没怎么说话，只是冲着两位热情的老人一个劲儿地微笑。

　　我在心里默默地想：才25岁，海子要是还活着该多好呀。活着并且写诗。同时，定期或不定期，给乡下吃苦耐劳的父母亲，没完没了地寄零花钱。

　　有人就自言自语了一句："幸福的人生应该是诗意的人生。"

　　我们连连点头，表示认同。

　　诗歌终于成为我辽远的天空和大地。

　　我同诗歌相依为命，朝夕相处。山一程水一程，风一程雨一程。大步流星，翻山越岭。义无反顾地，我正急行军般赶赴一个又一个春光无限的美丽约会。

　　百年恰是风华正茂，六十不过青春年少。人生就是一个百年接着一个百年。过去，我的生命在办公室；而今，我的办公室在田野在山冈，在生命的诗和远方。

远山

2021年6月

跋二

因为我对这土地爱得深沉

山一程　水一程

风一程　雨一程

一程精气神

一程风雅颂

人在路上　诗也在路上

人累了　诗会坐下来陪陪你

然后　就又一起出发了

脚步匆匆　满心芳菲

我为什么给这本诗集取名《山一程　水一程》呢？

我是一个游子，在外面漂泊了几十年。我也是一个赤子，不管我漂泊到哪里，故乡始终都揣在我的怀里。如果您读到这本诗集，我相信细心的您一定可以触摸到我热乎乎的"游子心""赤子情"。

离开老家延庆，到城里工作，快30年了。这30年来，有两种情感始终揪扯着我的心，让我须臾也不能割舍：一个是故乡，一个是文学。

故乡是我的初心，是我出发的地方；文学是我的诗和远方，是我魂牵梦萦的精神家园。

我常常感到：没有走出家门，任你怎么播种，也很难长出乡情乡愁来。只有走出家门，而且走得愈远，走得愈久，那乡情那乡愁，就愈葱茏愈旺势。风行草偃般，漫山遍野，深深地就将你淹没了。

当乡情、乡愁狠狠地咬我、撕扯我的时候，我便趁着夜深人静，从睡意和被窝儿中钻出来，将一颗心以及故乡的田野徐徐摊开，蘸着飘进城里的月光，热腾腾写下我的灵与肉。

只有我心里知道，这乳液般汩汩流淌的月光，是从我老家村口母亲的翘望中飘过来的。

这就是我生命中如歌如泣的诗、散文和小说。

《山一程　水一程》这部诗集，精选了我30年来创作的300余首诗歌，其中有几十首思乡诗。诗三百，一言以蔽之，曰：思无邪。这是我一个漂泊游子的心灵吟唱。

前几日，一个朋友把我的两首小诗，给他母亲看。他母亲退休了，正在学朗诵，就把我这两首小诗配上乐朗诵后，相继发表在网络上。谁想一夜之间，这两首小诗的阅读量分别达到了21.6万和23.2万，还有上百人点赞评论。这既让我惊异于网络的力量，同时也给了我继续写下去的文化自信。这两首小诗，都抒发了我对家乡刻骨铭心的爱恋。

我曾同好友讲过：中华民族有两大文明，最值得大书、特书：一个是万里长城，一个是京杭大运河。万里长城是一撇，京杭大运河是一捺。著名作家刘绍棠写了一辈子大运河这一捺，我和延庆文学界的朋友们，应该努力写好长城这一撇。

一撇一捺，就是一个大写的人。我们要让这个山高水阔的人，魏晋风度，汉唐气象，纯爷们儿似的，永远屹立在世界东方，屹立在人类文明的家园。这是我们心中的使命，肩上的责任。

我也常常暗自攥拳发愿，万万不可辜负了生我养我的皇天后土。妫河的水不能白喝，妫川的饭不能白吃。不到长城非好汉，八达岭从不养孬种。

巍巍八达岭，茫茫妫川地。这块相当于三个新加坡、两个香港的壮丽山川，究竟是怎样泪浸血灌抓心挠肝的土地呢？

我想了想，不知道用"六个土"能不能说清楚？

历史文化的厚土：上溯五千年，黄帝与炎帝战于阪泉之野，三战而后得其志，实现江山一统。中华民族始称炎黄子孙，盖源于此。

司马迁说的这个"阪泉"古战场，据延庆史学家徐红年考证，就在今延庆区张山营镇上阪泉村、下阪泉村一带 。由此说，中华民族的历史有多悠远，延庆的历史就有多悠远。

延庆这块地方神着哩，到处埋着秦砖汉瓦、锈迹斑斑的青铜。比如，谁家盖房子抑或砌菜窖，常常一镢头就"咣当"刨出个千年宝贝来。

千万不要小瞧山顶上的哪一座小庙，千万不要轻视峭壁上的哪一小块摩崖，都有非凡的不朽传奇。足够让你一愣一愣的。惊天地泣鬼神。

我曾陪一双男女国际友人，踏访延庆。他们是华裔，在国外待久了，对汉语言兴味盎然。刚听我提到故乡延庆的一些地名，他们就目瞪口呆，连呼"如雷贯耳"。

比如，当我说出"四海""康庄""永宁"这些地名时，他们马上竖起两根大拇指激赏曰："震撼，像联合国在点一个国家的名。"当我说出"花盆儿""珍珠泉""玉皇庙"这些地名时，他们就又把刚刚弯回去的两根大拇指，再次迅速竖起来，二度激赏曰："诗意，唐风宋韵不过如此。以此三名，可冠领诗三百风雅颂的三个纲目。"

特别是当他们听到延庆人的乡音土话时，更如同见了冯梦龙、凌濛初和吴敬梓三位老师。男女国际二友人同时张大两张嘴巴，异口同声，用洋里洋气的白话文说："您老家怎么讲得全是文言文？说的全是'三言''二拍'，以及《儒林外史》里的话，难道乡亲们都上过北大中文系？如果给您和乡亲们换一身长袍马褂，我们俩和您，还有乡亲们，一步就至少回到了明清。"

男女两位国际友人，对延庆那是真服了。二人强烈建议延庆区委区政府赶紧成立"地方语言研究会"，同时向联合国申报"非遗"，并表示愿意自掏腰包，拿出点美元、英镑或法郎，予以支持。以此表明：洋装虽然穿在身，我心还是中国心。

有心的孙钊、曹金刚、李自星、朱学元、马维德、方秀刚、赵万里7位老师，早就着手收集整理延庆的乡音土语，率先破题开工，并研究出了厚厚一批学术成果。可谓：先知先觉、先行先试者。

陈超、郭东亮都是学者型的作家，爱我乡音，修我方言，更是有了成建制的系统成果。陈超理直气壮地提出"延庆方言是北方汉语言的活化石"。郭东亮埋头苦干几十年，从《三国演义》《西游记》《水浒传》，以及《红楼梦》《金瓶梅》《儿女英雄传》等元明清一批古典文学中，收集整理出3000多款延庆的方言俗语，写出17余万字的《元明清文学中的延庆方言与俗语》论文专著，为家乡人民大大地办了一件体面事。怀揣东亮亲自签名的这部"无韵之离骚"，让我和乡亲们不管走到哪儿，一张口就先平添了几分自豪感，更让天南地北好奇和求知欲极强的无数听客朋友，免费上了一堂生动活泼的古典文学课。此音只应天上有，"百家讲坛"听不到。恍恍惚惚如闻天籁，秦腔汉韵自多情。说的和听的全醉了，一个个美得前仰后合、手舞足蹈。比听易中天老师上课还过瘾。

革命斗争的红土：1927年5月，中共五大成立了中央监委，亦即中央纪委的前身。中央监委七大委员里，有一位重要人物，叫周振声。

据湖北省武汉市纪委王守宪老书记走南闯北，追随着周振声战斗的脚步，拜访老革命，翻阅地方志，钻研革命斗争史，呕心沥血，寻根查源，王守宪书记最终得出结论：叱咤风云的周振声，就是北京市延庆人。

可敬可爱的王书记，凭着对党和人民的赤胆忠心，凭着周振声等革命先辈一代一代传下来的纪检监察干部的那股血性和韧劲，就像他当年办案那样，一枝一叶一条一缕地细抠，在建党百年这个重要的历史时刻，给红色延庆生生抠出了一位光照千秋的"革命老前辈"。下了真功夫，下了大功夫。

王守宪书记还告诉我：1922年6月，经何孟雄介绍，周振声在张家口就加入了党组织，是张家口第一个党小组成员，也是我们党最早的工人党员之一。1925年初，延庆的第一个党组织，就是周振声在康庄火车站组织建立的，叫"中共康庄铁路工人支部"。周振声是这个党支部的第一任书记，他也是我们党早期大名鼎鼎的工人领袖。

王守宪书记和我的朋友吴迪，跑了全国几十家博物馆、档案馆，花费了十几年的工夫儿，历尽千辛万苦，收集到了记录周振声当年从事革命斗争的重要历史资料和照片，有二三十件，可谓弥足珍贵。他们二位的这种精神，也很让我钦佩。

王书记还指出，1927年大革命失败后，周振声曾任河南省委委员，到郑州、开封领导地下斗争，恢复发展党组织，领导发动农民武装暴动。1928年3至4月间，因为叛徒出卖，河南省委曾遭到国民党反动派灭门似的血腥屠杀。此后，周振声就没了消息。但可以肯定，周振声绝对是忠臣义士，不会叛变。因为在那个时候，像周振声这样声名赫赫的"共党分子"，如果有一丁点儿不坚定，蒋介石就会不择手段地拉过去，而且会添油加醋在报纸上大做文章。

锲而不舍的王守宪书记，同时也给我分派了任务，他命令说：你应该把周振声是怎么死的，想办法搞清楚。不然，你就白当了30年纪检监察干部，不配做伟大的延庆人。尊敬的王守宪书记，让我感动出了一身大汗。时刻谨记，必须不忘初心、牢记使命。

抗日战争时期，萧克将军领导的冀热察挺进军，就曾转战于延庆一带的山山岭岭，当地老人们都能绘声绘色讲一些他们的故事。为迎接中华人民共和国成立40周年，1989年10月，北京市在著名的龙庆峡风景区入口处，建起了"平北抗日战争烈士纪念碑"、"烈士陵园"和"纪念馆"。由彭真题词，聂荣臻题写纪念碑名，萧克题写纪念馆名。那时候，我还在老家工作，曾在纪念碑前，参加过入党宣誓。纪念碑紧临韩郝庄村，幼时我在韩郝庄村还上过3年小学。从纪念碑这里再往南望，可以看到4里外的苏庄村，那是我出生长大的地方。

还有传奇英雄小白龙白乙化，和他率领的老十团，打日寇、除汉奸，曾留下许多感天动地的传奇故事。延庆作家周诠创作的长篇传记小说《白乙化》，延庆作家林遥编剧的电影《烽火长城》，对这段如火如荼的历史，大手笔做了翔实的记录。

周诠、林遥创作的这两部精品力作，读时让我热血沸腾，顿觉眼前：风起云涌，虎啸龙吟。周诠、林遥为繁荣延庆文学，写好长城这一撇，立下了头功。家乡文学界有100个理由相信：你们二位再加把劲儿，一定能够写出妫川大地的"高密东北乡"，写出八达岭下的"马孔多小镇"。

家乡30余万父老乡亲，像当年饥饿的苏联人民，眼巴巴地渴盼高尔基的精神面包那样，正在热切地注视着周诠、林遥。我也给他们二位把酒烫好了。

一寸山河一寸血，一抔热土一抔魂。可以说，延庆的每一寸土地，都是无数革命先烈用鲜血染红的。关于党内政治文化的基因族谱，习近平总书记强调："光荣传统不能丢，丢了就丢了魂；红色基因不能变，变了就变了质。"

恰逢建党百年，全党都在研读党史，我们应该以此激越初心，雄关从头越，整装再出发，长征永远在路上。

改革开放的热土：延庆是崇山峻岭层层包围的一块盆地。过去，因为交通不便，束缚住了延庆父老乡亲的手脚，久而久之，连同意识也被束缚住了。久居深山人未识。所以，外界常常讥笑延庆人是"土老帽儿"，是"北京的山药蛋派"。让自尊自强的延庆人，好几辈子抬不起头。

甚至延庆人到了北京城，都不敢说自己是延庆人。一提"延庆"俩字，连好了几年的女朋友都得吹了。要办喜事儿，得先瞒着。等结了婚、有了孩子，再好好跟丈母娘解释。

直到1985年前后，有一位刚过而立之年的小伙子——比年轻的共和国还小两岁，当时不满34周岁。他来延庆，不是来当团委书记的，而是来当中共延庆县委书记的。

这个小伙子，叫杜德印。别瞧杜书记年龄小，可他少年老成。甫一到任，就带领县委一班人，跋山涉水，走乡串户，大调研聚民智，解放思想，实事求是，马列主义和延庆具体实际相结合，提出了"冷凉战略"和"三个重新认识"。

真可谓石破天惊，春风吹绿了塞北。"冷凉战略"，是延庆打开山门的金钥匙；"三个重新认识"，是延庆走出去请进来的三条高速路。当年，中央电视台正在播放电视连续剧《新星》，延庆干部群众就明里暗里，管杜书记叫"李向南"。杜书记听了也不恼，他不好意思地笑了。

如今，龙庆峡搞了30多年的冰灯，已成为北京乃至全国人民冬季旅游的精品首选，是首都北京的标志性品牌，是可与八达岭相提并论的旅游观光传统项目、老字号。2019年的世园会、2022年的冬奥会，更让全世界对延庆刮目相看，连延庆的房价都翻了十几倍。

我的故乡延庆，你虽比六环还远得多，但30多万勤劳善良延庆人的生活质量，特别是父老乡亲的幸福感、自豪感，早已经冲出八达岭，跨过居庸关，直抵王府井。

当年，京城就有叫李守仲、王增民的两位记者写了《发挥冷凉优势，实行对外开放，塞外延庆热起来了》这样一篇文章，发在了《北京日报》头版头条上。高瞻远瞩，先声夺人。英雄的延庆干部群众，不鸣则已，一鸣惊人。故乡延庆的确是由凉变"热"，而且越来越"热"了。

投资兴业的乐土：改革开放之初，延庆为了招商引资，千方百计，优化经济发展环境，也绞尽脑汁，想出很多优惠政策。

栽好梧桐树，凤凰翩翩来。但这不是最重要的，最重要的是人。最让国内外客人感动不已的，还是延庆干部群众那个热情劲儿实诚劲儿。人人心中一团火。即使你是一块冰，也能给你点燃。

延庆的领导和乡亲们个个豪爽，都是重情重义的关云长，肝胆相照。一回生二回熟，第三回就将国内外客人，感动成了"姑舅亲"。打断骨头，还连着筋哩。客人不投个三五百万，在广袤的妫川大地上盖个楼、建个厂，他都不好意思说"再见"。人心换人心，四两换半斤。

延庆的父老乡亲深明大义，识大体顾大局，特理解和心疼自己的领导：跑项目，交朋友，找资金。磨破了嘴，跑细了腿。晚上不回家，老婆也不起疑心。若不是为了延庆谋发展，为了人民谋幸福，谁愿意在办公室里吃、办公室里睡。领导也是人，他们知道：家里的床睡得香，老婆熬的小米粥养胃，吃青菜有利于控制体重和"三高"。可我是延庆人民的儿子，我深情地爱着我的家乡和人民。鞠躬尽瘁豁得出，个个都像焦裕禄。为了造福一方百姓，很多年富力强的领导干部老早就积劳成疾了。

因此，通情达理的延庆人民，从不捕风捉影写匿名信，告自己的领导违反"八项规定"。即使有人大腹便便，也不一定是吃吃喝喝搞大的。据生物学和医学研究证明：除了大鱼大肉，营养过剩，肥胖和脂肪肝，大都源于生活不规律、失眠缺觉以及老不在太阳底下运动这3条。父老乡亲懂得换位思考：让咱当领导不也得把这100多斤献出去吗？他们甚至在心里窃喜：幸亏没选举咱当镇长。宁可三伏天钻庄稼地，也不愿终日晦着个鼓鼓囊囊的大肚子熬煎人。当官有当官的苦，老百姓有咱老百姓的乐。

特别是近年来，老家延庆多措并举，真抓实干，全面完善"八大环境"建设，努力打造更优美的环境、更优良的秩序、更优质的服务，构筑营商环境新高地。

2021年1月26日，老家延庆"两区"建设重点企业入驻签约暨"两区"建设政策解读宣讲会，在北京中关村延庆园成功举办。北京智通东方软件科技有限公司、中关村科学城城市大脑股份有限公司、航天时代飞鸿技术有限公司等8家企业签约入驻中关村延庆园，将进一步推动中关村延庆园数字经济、无人机等产业集聚发展。

试看今日之世界，巨龙腾飞八达岭。

人才成长的沃土：延庆区（县）的领导，大多是从市里或其他区（县）派来的，他们都有一个共同的感受，延庆不管男女老少，一个比一个"亲近人"，不排外，不欺生。上门的女婿比儿子亲。越是远来的和尚越会念经。因此，上山下乡，"插队"到延庆这块风水宝地的干部，阳光雨露充足，用不了三五年，大都长成参天栋梁，去支撑大厦了。

土生土长，也有出息了的。这些山里娃离开老家后，可谓三百六十行，拳打脚踢出状元，大大小小干出了成绩，也算为家乡争了光、长了脸。家乡惦记着这些游子，偏爱厚爱他们。延庆报社、延庆电视台还专门组织采写拍摄了一批"妫川骄子"，大张旗鼓宣传他们的事迹。父老乡亲挺喜欢看的，觉得亲切。这样的"骄子"，有50多位。其中，30多位男士都娶了媳妇。据说，小伙子们结婚前，全都如实向丈母娘坦白了自己的祖籍。

再说考大学，像北大、清华这样的名校，延庆每年也不"落空"，都能考取好几个。考上重点大学的，一年三四百。这是家常便饭。以上大材小材，其实，都是妫川的苗儿，扎根生长于妫川这片沃野。

人民安居乐业幸福生活的福土：延庆山好水好，到处都是风景。北京夏都，百里画廊；海陀登高，古崖探奇；举世闻名的旅游卫星城。桂林山水甲天下，延庆山水甲桂林。天高云淡，星河璀璨。偶尔有点儿雾霾，从内蒙古从张家口来阵西北风，一口气就吹别处去了。

甭说节假日了，一年365天没淡季。远远近近的海内外游客，都往延庆跑。巍巍八达岭当回好汉，清清龙庆峡划遭小船，井庄豆腐宴吃个肚皮朝天。兼以大口大口深呼吸不花钱的优质空气，给五脏六腑大面积环保一回。

2017年9月，国家首批"生态文明建设示范县（市）"，全国才评出46家，延庆一马当先，成了"首善之区北京"的第一名领跑。为了头上的蓝天，为了呼进嘴里的这口空气，再赚钱的项目，只要冒黑烟排污水，延庆也坚决抵制。蓝天保卫战，乡亲们以壮士断腕的决心，用我们的血肉，筑起我们新的长城。

2018年12月，老家延庆被命名为北京市首个"绿水青山就是金山银山"实践创新基地。区里始终坚持生态文明发展战略，久久为功，坚持守护好山好水好生态，建设绿色发展聚宝盆。紧抓"世园""冬奥"等绿色大事发展契机，打造出"现代园艺+""冰雪体育+""文化旅游+""精品民宿+"的"两山模式"。

2019年，延庆区又先后被评为"国家水生态文明城市"、"首批国家全域旅游示范区"和"国家森林城市"。

2020年11月，老家延庆又被中央文明办授予"全国第六届文明城区"荣誉称号，这是全国城市综合类评比中的最高荣誉。

每一个延庆人心里都明白：自己的家乡，而今已成为首都生态涵养区、京西北重要的生态屏障、天然大氧吧。幸福像花儿一样，在芬芳的空气里"噼里啪啦"绽放。上有天堂，下有苏杭。提起大美延庆，天上人间，再也找不到第二个地方。

"仰灵山秀水之魂兮，惠民俗而风淳。挹道统清泉之源兮，沃民智而流长。"这是诗人乔雨创作的《妫川赋》中的4句诗。字字句句如同出自我的肺腑。延庆啊延庆，我热恋的故乡。这生我养我的地方。我亲爱的父亲母亲，我恨不得扑进你怀里，忘情地亲亲你。

我想你　你总在我梦里

我骑着思念的马儿　跑过朝朝夕夕

山也无际　水也无际

千里万里　你在我心里

千里万里　你在我的生命里

这是我曾写过的一首思乡诗，名字叫《梦回故里》。后来，这首诗被作曲家蒙根谱了曲，女中音歌唱家刘子旗在多家电视台多次演唱。每次听这首歌，都让我心如潮涌，久久难以平静。

为什么我的眼里常含泪水，因为我对这土地爱得深沉。

老家延庆近2000平方公里的山山水水，其实就是中华民族"960万平方公里"壮丽神州的一个缩影。犹如姑娘那水汪汪、勾魂摄魄的大眼睛。

我见故乡多妩媚，料故乡见我应如是。当身边的微风轻轻吹起，吹来故乡泥土的芳香。归来吧归来哟，浪迹天涯的游子。我已是满怀疲惫，别在四处漂泊。远远地隐约听到一曲亲切而熟悉的旋律，心被石头击中了一样，顿时荡起层层叠叠酸痛的涟漪。

故乡张开母亲的怀抱——你笑着问我要什么，我要你紧紧搂着我。不管明无要面对多少伤痛和迷惑，只有那无尽的长路伴着我。

人是最复杂的，写出来却只有一撇一捺两笔。握笔，这一撇一捺两笔，代表两条腿。其实，人的祖先是四肢着地爬着走。后来，猴子站起来变成人，人站起来变成"诗人"。我是一个漂泊的游子，也愿意努力做个"行吟诗人"。

走是硬道理，向前是第一要务，天地人心是永恒的主题。

因此，远山和他的诗歌，永远在路上。

远山

2021年12月